rororo

rororo

Angela Sommer-Bodenburg

Der kleine Vampir und der Lichtapparat

Bilder von Amelie Glienke

Rowohlt Taschenbuch Verlag

Veröffentlicht im Rowohlt Taschenbuch Verlag
GmbH, Reinbek bei Hamburg,
September 2000

Neu illustrierte Fassung der im Verlag C. Bertelsmann
erstmals erschienenen Ausgabe
Umschlagillustration Amelie Glienke
Umschlaggestaltung Barbara Hanke
Rotfuchs-Comic Jan P. Schniebel

Satz Adobe Garamond PostScript
(PageOne)
Gesamtherstellung Clausen & Bosse, Leck
Printed in Germany
ISBN 3 499 21135 1

Die Schreibweise entspricht den Regeln
der neuen Rechtschreibung.

Dieses Buch ist
für Burghardt Bodenburg,
der die Sommer-Bodenburg
wie seinen Augapfel hütet –
– mit allem, was da kreucht
und fleucht (teils mit,
teils ohne Vampirumhang).

Angela Sommer-Bodenburg

Die Personen dieses Buches

Anton liest gern aufregende, schaurige Geschichten. Besonders liebt er Geschichten über Vampire, mit deren Lebensgewohnheiten er sich auskennt.

Antons Eltern glauben nicht recht an Vampire.

Antons Vater arbeitet im Büro, *seine Mutter* ist Lehrerin.

Rüdiger, der kleine Vampir, ist seit mindestens 150 Jahren Vampir. Dass er so klein ist, hat einen einfachen Grund: Er ist bereits als Kind Vampir geworden. Seine Freundschaft mit Anton begann, als Anton wieder einmal allein zu Hause war. Da saß der kleine Vampir plötzlich auf der Fensterbank. Anton zitterte vor Angst, aber der kleine Vampir versicherte ihm, er habe schon «gegessen». Eigentlich hatte sich Anton Vampire viel schrecklicher vorgestellt, und nachdem ihm Rüdiger seine Vorliebe für Vampirgeschichten und seine Furcht vor der Dunkelheit gestanden hatte, fand er ihn richtig sympathisch. Von nun an wurde Antons ziemlich eintöniges Leben sehr aufregend: Der kleine Vampir brachte auch für ihn einen Umhang mit, und gemeinsam flogen sie zum Friedhof und zur Gruft Schlotterstein. Bald lernte Anton weitere Mitglieder der Vampirfamilie kennen:

Anna ist Rüdigers Schwester – seine «kleine» Schwester, wie er gern betont. Dabei ist Anna fast so stark wie Rüdiger, nur mutiger und unerschrockener als er. Auch Anna liest gern Gruselgeschichten.

Lumpi der Starke, Rüdigers großer Bruder, ist ein sehr reizbarer Vampir. Seine mal hoch, mal tief krächzende Stimme zeigt, dass er sich in den Entwicklungsjahren befindet. Schlimm ist nur, dass er aus diesem schwierigen Zustand nie herauskommen wird, weil er in der Pubertät Vampir geworden ist.

Tante Hildegard ist der blutrünstigste Vampir von allen. Ihr nach Sonnenuntergang zu begegnen kann lebensgefährlich werden.

Die *übrigen Verwandten* des kleinen Vampirs lernt Anton nicht persönlich kennen. Er hat aber ihre Särge in der Gruft Schlotterstein gesehen.

Friedhofswärter Geiermeier macht Jagd auf Vampire.

Schnuppermaul kommt aus Stuttgart und ist Friedhofsgärtner.

Jürgen Schwartenfeger ist Psychologe. Antons Mutter hofft, dass er Anton von seiner «Fixierung» auf Vampire heilt. Was sie nicht wissen kann: Herr Schwartenfeger ist selbst brennend an Vampiren interessiert, weil er ein Lernprogramm gegen besonders starke Ängste – wie die Angst der Vampire vor dem Sonnenlicht – entwickelt hat.

Igno von Rant ist der erste Patient von Herrn Schwartenfeger, der an dem Lernprogramm teilnimmt. Anton fragt sich, ob es sich bei ihm tatsächlich um einen Vampir handelt: Igno von Rant sieht zwar wie ein Vampir aus … aber er kommt vor Sonnenuntergang in die Sprechstunde …

In Bettform

Am Sonntagmorgen wurde Anton von eigenartigen hüpfenden Bewegungen neben seinem Bett geweckt. Er schlug die Augen auf und erblickte seinen Vater, der – so unglaublich das war – am Fußende des Bettes Frühgymnastik betrieb!

Und dazu trug er nicht seinen Pyjama oder den Bademantel, sondern – für einen Sonntagmorgen völlig ungewöhnlich – den Trainingsanzug und die Turnschuhe.

Anton hatte das Gefühl, mitten in einem Traum zu sein; in einem Albtraum allerdings …

Er schloss die Augen und öffnete sie wieder, vorsichtig blinzelnd. Aber sein Vater war immer noch da.

«Warum weckst du mich so früh?», knurrte er.

«Früh?» Antons Vater lachte. «Es ist fast elf! Gerade haben Mutti und ich beschlossen, dass wir den heutigen Sonntag mit einem zünftigen Trimm-dich-Programm im Stadtpark beginnen werden!»

«Wir?», fragte Anton misstrauisch. Langsam dämmerte es ihm, weshalb sein Vater ausgerechnet vor seinem Bett herumhüpfte. «Ich etwa auch?»

«Aber natürlich!», antwortete sein Vater. «Du hast es am allernötigsten, das Trimmen.»

«Oh nein!», stöhnte Anton und zog sich seine Decke bis zur Nasenspitze.

«Oh doch», sagte sein Vater. «Du siehst nicht besonders frisch aus heute Morgen!»

Und mit einem vertraulichen Grinsen meinte er: «Ferngesehen, wie? Was gab's denn? ‹Dracula verlässt die Bettengruft›? Oder ‹Frankensteins Witwe›?»

«Ferngesehen?» Anton verzog die Mundwinkel. «Die mopsfidelen Musikanten? Nein danke!»

«Und der Spätfilm?», witzelte sein Vater. «War der nichts für dich?»

«Erstens weißt du genau, dass ich gar keine Spätfilme sehen darf», entgegnete Anton. «Und zweitens – um die Zeit habe ich bereits geschlafen!»

Das stimmte: Nach dem Besuch in der Praxis von Herrn Schwartenfeger gestern Abend, bei dem der kleine Vampir das Programm gegen starke Ängste kennen gelernt hatte, war der Vampir einfach davongeflogen – und Anton hatte sich ganz allein auf den Heimflug machen müssen. Ziemlich erledigt war er in seinem Zimmer angekommen und gleich ins Bett gegangen.

«Ach, wirklich?», sagte sein Vater und zwinkerte ihm verschwörerisch zu.

Anton sah ihn würdevoll an – und schwieg.

«Seid ihr so weit?»

Um Anton endgültig die Laune zu verderben, erschien nun auch noch seine Mutter im Zimmer, ebenfalls in einem dunkelblauen Trainingsanzug.

«Was, Anton liegt noch im Bett?», rief sie.

«Unser Sohn ist heute nicht in Bestform», witzelte der Vater. «Eher in *Bett*form!»

«Haha», machte Anton, ohne eine Miene zu verziehen. Im Zeitlupentempo streifte er die Decke zurück.

«Dabei hätten *wir* mehr Grund, müde zu sein!», sagte Antons Vater und zwinkerte der Mutter zu.

«Aber wer weiß, wie lange bei Anton das Licht gebrannt hat!», bemerkte sie.

Anton grinste noch mehr. «Ja, wer weiß das ...»

Doch seine Mutter erwiderte nur trocken: «Beeil dich mit dem Anziehen», und verließ das Zimmer.
«Dann bis gleich, Sportsfreund!», meinte Antons Vater und folgte ihr.

Einfach vergessen

Als seine Eltern gegangen waren, durchzuckte es Anton siedend heiß. Ihm war plötzlich eingefallen, dass er seine Tüte gestern Abend bei Herrn Schwartenfeger vergessen hatte – die Tüte, in der auch sein neuer gelber Trainingsanzug steckte ... War es unter diesen Umständen nicht klüger, im Bett zu bleiben?, überlegte er. Zum Beispiel könnte er behaupten, er habe Kopfschmerzen. Aber dann würde ihn seine Mutter mit Wadenwickeln und Eisbeuteln traktieren.
Nein, ihm blieb gar nichts anderes übrig: Er musste aufstehen! Mit einem Gefühl des Unbehagens zog er seine Jeans und den grünen Kapuzenpullover an. Dabei zerbrach er sich den Kopf nach einer guten, auch seine Mutter überzeugenden Ausrede, weshalb er den neuen Trainingsanzug heute *nicht* trug.
«Anton?» Das war schon die Stimme seiner Mutter, und gleich darauf stand sie in der Zimmertür.
Genau wie Anton es sich vorgestellt hatte, rief sie bei seinem Anblick entrüstet: «Du hast deine *alten* Sachen angezogen?»
«Hm, ja», sagte Anton.
«Und das ausgerechnet am Sonntag?»
Anton versuchte, ein gleichmütiges Gesicht zu machen.
«Ich wusste gar nicht, dass man sich bei dir am Sonntag fein machen muss.»

«Muss *man* auch nicht!», erwiderte sie verärgert. «Aber wenn ich dir einen neuen Trainingsanzug kaufe – und der gelbe war besonders teuer, das weißt du genau! –, dann erwarte ich, dass du den anziehst!»
«Ich, äh ...» Zuerst wollte Anton erwidern, er hätte die alten Sachen angezogen, damit sich sein neuer Trainingsanzug nicht so schnell abnutzte. Aber er ahnte, dass ihm seine Mutter diese Ausrede nicht abnehmen würde, und so bekannte er: «Ich hab ihn vergessen.»
«Vergessen? Einfach vergessen?» Sie schnappte nach Luft. «Und wo?» Anton zögerte.
‹Bei Ole› könnte er schlecht sagen – dann würde sie darauf bestehen, dass er den Trainingsanzug sofort abholte!
Und wenn er nun behauptete: ‹Bei Rüdiger von Schlotterstein›? Seine Eltern glaubten zwar, dass der kleine Vampir und seine Schwester Anna in eine andere Stadt gezogen und damit endgültig aus Antons Leben verschwunden wären. Aber dies würde dann eben der Moment sein, um sie über Rüdigers und Annas Rückkehr aufzuklären ...
Doch Anton verwarf diesen Plan rasch wieder. Allerdings hatte ihn der Gedanke an den kleinen Vampir auf eine Idee gebracht. «Ich hab den Trainingsanzug bei Jürgen vergessen», sagte er; und das entsprach sogar der Wahrheit!
«Bei Jürgen?» Antons Mutter blickte ihn ungläubig an. «Den Namen höre ich heute zum ersten Mal.»
«Schon möglich!» Anton lachte in sich hinein.
«Jürgen» – damit meinte er Herrn Schwartenfeger.
Und den Vornamen des Psychologen hatte Antons Mutter bisher vermutlich nur *gelesen* - auf dem Schild vor der Praxis von Herrn Schwartenfeger!
«Ist das ein neuer Mitschüler?», fragte sie jetzt.
«Ein neuer Mit-Schüler?», wiederholte Anton gedehnt.
Ein Traum fiel ihm ein, den er einmal gehabt hatte: Dass er

als neues Mitglied in die Familie von Schlotterstein aufgenommen werden sollte …
«Eher ein neuer Mit-Bruder!»
«Jaja, wenn du nur deine Witze machen kannst», erwiderte seine Mutter ziemlich gereizt. «Aber eins lass dir gesagt sein: Was für ein Bruder auch immer dieser Jürgen sein mag – morgen Abend hängt der Trainingsanzug wieder hier, in deinem Schrank!»
Mit diesen Worten rauschte sie aus dem Zimmer.
«Muss ich jetzt zu Hause bleiben?», rief Anton ihr hoffnungsfroh hinterher. «Ich meine, wegen der alten Sachen und weil heute Sonntag ist?»
«Selbstverständlich *nicht*!», rief seine Mutter zurück.
«Und die anderen Leute?», versuchte Anton es noch einmal. «Was die von uns denken, wenn ich am Sonntag in uralten Sachen herumlaufe – das ist dir auch egal?»
«Na klar!», sagte sie, ungewohnt salopp. «Du kannst ja immer einen Meter Abstand halten.»
«Mit Vergnügen!», knurrte Anton. Um sie zu ärgern, fügte er hinzu: «Am liebsten einen *Kilo*meter!»
Diesmal gab sie keine Antwort, und so trottete Anton missmutig in den Flur.
Es wurde dann aber wider Erwarten doch ein ganz netter Sonntag: mit Kakao und Apfelkuchen im Stadtpark-Café – «ausnahmsweise, zur Feier des Sonntags», wie Antons Mutter betonte. Und da Anton zwei Runden ums Planschbecken gelaufen war, durfte er sich sogar noch eine Portion Eis mit Sahne bestellen.
«Ich hoffe nur, dein Magen verträgt so viel Süßes!», konnte seine Mutter sich nicht verkneifen zu sagen.
«Keine Sorge!» Anton grinste. «Der ist gut trainiert.»
Weniger gut trainiert waren allerdings Antons Muskeln; das merkte er am nächsten Morgen beim Aufstehen. Und rich-

tig schlimm wurde es, als er am Nachmittag sein Fahrrad bestieg, um zu «Jürgen» zu fahren und den Trainingsanzug zu holen. Aber was tat er nicht alles für seine Mutter!

«Wo wohnt dieser Jürgen eigentlich?», hatte sie ihn beim Abschied gefragt.

«Ach, so in der Nachbarschaft», hatte Anton unbestimmt geantwortet. In der Nachbarschaft ... schön wär's!

Als Anton endlich vor dem Haus von Herrn Schwartenfeger hielt, fühlte er sich im wahrsten Sinne des Wortes wie gerädert.

Mühevoll schleppte er sich die Stufen hoch und klingelte. Frau Schwartenfeger öffnete ihm und sagte überrascht: «Du, Anton?»

«Ich hab meine Tüte hier vergessen!»
«Gut, dann setz dich einen Augenblick ins Wartezimmer.»
«Setzen? Oh ja, gerne!»
Im Wartezimmer ließ Anton sich in den Sessel am Fenster fallen, der zum Glück gut gepolstert war, und streckte die Beine weit von sich. So saß er auch noch, als plötzlich die Tür aufging und – für Anton ganz unerwartet – Herr Schwartenfeger höchstpersönlich eintrat.
«Ich hab leider nicht viel Zeit», sagte der Psychologe entschuldigend. «Drüben bei mir ist eine Patientin.»
Er gab Anton die Tüte.
«Aber bevor ich wieder zurückgehe, möchte ich doch schnell erfahren, was Rudolf gesagt hat!»

Mach ihm Mut!

«Ru-Rudolf?», stotterte Anton.
Er würde sich wahrscheinlich nie an den neuen Namen gewöhnen, den sich der kleine Vampir für den Psychologen zugelegt hatte – als Pseudonym!
«Was soll er denn gesagt haben?»
«Na, über die Probestunde! Rudolf hat dir doch bestimmt erzählt, wie mein Programm auf ihn gewirkt hat!»
«Mir? Nein!»
«Er hat dir gar nichts darüber gesagt?»
«Nein, weil – er musste dann los», antwortete Anton zögernd. In der Rolle des Informanten fühlte er sich nicht besonders wohl. Der Psychologe machte ein enttäuschtes Gesicht. «Du kannst mir also nicht sagen, wie sich Rudolf entscheiden wird – ob für oder gegen mein Programm?»
«Nein.»
«Hm. Und gerade jetzt wäre es so wichtig, dass Rudolf sich *für* das Programm entscheidet!» Herr Schwartenfeger zupfte an seinem Schnurrbart: «Jetzt, wo ich fast fürchten muss, dass mich Igno von Rant im Stich gelassen hat!»
«Wie – im Stich gelassen?», fragte Anton alarmiert.
«Nun, dreimal ist er schon nicht zur Therapie gekommen», antwortete Herr Schwartenfeger.
«Dreimal ist er nicht gekommen?», sagte Anton erschrecken.
Herr Schwartenfeger nickte. «Ja. Und er hat auch nicht abgesagt.»
Anton schluckte.
Igno von Rant war der geheimnisvolle Patient, an dem Herr Schwartenfeger sein Programm gegen starke Ängste bereits ausprobiert hatte. Mit großem Erfolg, wie es schien; denn

Igno von Rant, der nach Antons Überzeugung ein richtiger Vampir war, hatte seine Angst vor den Sonnenstrahlen – seine «Sonnen-Phobie», wie Herr Schwartenfeger sie nannte – offenbar weitgehend verloren.
«Glauben Sie, dass ihm etwas zugestoßen sein könnte?», fragte Anton betroffen. «Ich meine, wenn seine Sonnen-Phobie doch nicht richtig geheilt war, und wenn er nun an die Sonne gegangen und ... verglüht ist?»
«Nein, das glaube ich nicht», erwiderte Herr Schwartenfeger mit fester Stimme. «So weit, wie Igno von Rant in dem Trainings-Programm gekommen war!»
«Aber vielleicht ist genau *das* der Grund!», sagte er nach einer Pause. «Vielleicht war Igno von Rant mit dem Erreichten schon zufrieden. Immerhin ist das Desensibilisierungs-Programm sehr anstrengend, und es erfordert großes Durchhaltevermögen –» Herr Schwartenfeger brach ab.
«Aber ich *muss* jetzt zu meiner Patientin zurück! Nur noch eine Bitte zum Schluss, Anton: Wenn du Rudolf wieder siehst, dann mach ihm Mut – mach ihm ganz viel Mut!»
Bevor Anton etwas entgegnen konnte, hatte Herr Schwartenfeger das Wartezimmer verlassen.
Verwirrt stand Anton auf.
«Mach ihm Mut ...» Wäre es nicht viel angebrachter, den kleinen Vampir zu warnen?
Ziemlich durcheinander, mit lahmen Gliedern kam Anton zu Hause an.
«Jürgen hat dich wohl gleich zum Abendessen dabehalten!», bemerkte sein Vater.
«Bin ich denn *so* lange unterwegs gewesen?», tat Anton überrascht.
«Allerdings!», sagte seine Mutter mit finsterer Miene. «Wir haben fast geglaubt, du würdest bei diesem Jürgen auch noch übernachten!»

Anton grinste matt. «Sollte ich denn?» Aber er war eigentlich viel zu müde, um sich noch auf Wortgefechte mit seinen Eltern einzulassen. Demonstrativ legte er den Trainingsanzug mitten auf den Küchentisch und verzog sich in sein Zimmer; angeblich, weil er noch eine Mathematik-Aufgabe nachrechnen musste. Doch er ging sofort ins Bett, um wieder einigermaßen frisch zu sein, wenn der kleine Vampir – was Anton inständig hoffte! – heute Nacht an sein Fenster klopfen würde.
Und dann wollte Anton unbedingt mit ihm über Herrn Schwartenfeger und über die neue, Besorgnis erregende Entwicklung mit Igno von Rant sprechen!

Der Vampire Lohn

Aber der kleine Vampir kam nicht – weder in dieser Nacht noch in den darauf folgenden. Und auch Anna zeigte sich nicht. Anton wurde immer unruhiger.
Und schließlich war Samstag – der Abend, an dem Rüdiger seinen zweiten Termin bei Herrn Schwartenfeger hatte.
Um halb acht verließen Antons Eltern die Wohnung. Sie waren bei Freunden eingeladen.
Anton öffnete sein Fenster, setzte sich aufs Bett und schlug *«Werwölfe – die dreizehn besten Geschichten»* auf. Zum Glück fand er eine schön gruselige Geschichte, sodass er kaum merkte, wie die Zeit verging.
Als plötzlich eine Gestalt auf seinem Fensterbrett landete und mit knarrender Stimme «Hallo, Anton!» sagte, war er sogar richtig erschrocken.

«Ha-hallo, Rüdiger!», stotterte er und schob das Buch hastig unter sein Kopfkissen.
Der kleine Vampir kam ins Zimmer geklettert und näherte sich dem Bett.
«He, und ich dachte, du wärst längst fertig!», zischte er und musterte Anton aus funkelnden Augen. «Aber du hast ja noch nicht mal den Umhang an!»
«Ich – ich wusste nicht, dass du so früh kommst», verteidigte sich Anton.
«Früh? Sagtest du, früh?» Der Vampir lachte krächzend und klickte mit seinen kräftigen, nadelspitzen Zähnen. «Aber du hast Recht: Ich bin heute sehr flink gewesen, haha!»
Anton betrachtete mit einem leisen Schauder die vollen Lippen des Vampirs, die im Licht der Nachttischlampe tiefrot aussahen.
Aber immerhin, jetzt wusste er wenigstens, dass der kleine Vampir schon – gegessen hatte!
«Und nun bin ich ganz gierig darauf, endlich zu diesem Schwartenfeger zu kommen!», fuhr der Vampir fort.
«Gierig?», wiederholte Anton voller Unbehagen.
«Hab ich ‹gierig› gesagt?» Wieder lachte der Vampir krächzend.
«Ich meinte natürlich: ‹be-gierig›. Ich bin ganz begierig darauf, mit dem Programm anzufangen!»
«Wir ... wir müssen vorher noch was besprechen!», wandte Anton ein.
«Besprechen?», sagte der Vampir unlustig. «Und was?»
Offenbar hatte er ziemlich schlechte Laune; keine günstige Voraussetzung, um mit ihm über ernste Probleme zu sprechen. Aber Anton musste es trotzdem versuchen!
«Der Vampir, von dem ich dir erzählt habe –», begann er.
«Welcher Vampir?», fiel ihm Rüdiger ins Wort.
«Das wollte ich dir gerade erklären! Also, der Vampir, der

auch Patient bei Herrn Schwartenfeger ist, dieser Igno von Rant … Er hat schon dreimal die Therapie ausfallen lassen, und abgesagt hat er auch nicht!»

«Na und?», meinte der kleine Vampir und zuckte gleichmütig mit den Schultern. «Er wird schon seine Gründe haben, dieser ranzige Igno. Und außerdem – was gehen mich *deine* Bekannten an!»

«Erstens kenne ich ihn gar nicht», widersprach Anton; zum Glück!, fügte er in Gedanken hinzu. «Und zweitens – es könnte ihm ja etwas passiert sein; etwas, was vielleicht mit dem Programm zusammenhängt!»

Der kleine Vampir horchte auf. «Mit dem Programm?»

«Ja!» Anton räusperte sich; denn er wusste, dass er jetzt ein heikles Thema berührte. «Wenn Igno von Rant nun zu lange in der Sonne gewesen ist, dann –»

«Was dann?», fragte der Vampir schneidend.

«Dann ist er möglicherweise – verglüht!»

«Verglüht?», wiederholte der Vampir mit Grabesstimme. «Das sagst du nur aus Eifersucht!»

«Wie kommst du denn darauf?»

«Du willst mir das Programm verleiden, weil du eifersüchtig auf Olga bist!»

«Ich? Auf Olga?» Beinahe hätte Anton gelacht.

«Jawohl!», rief der kleine Vampir. «Du hast Olga nie gemocht, und jetzt, wo sie den weiten Weg von Wien hierher – zu mir! – machen will, überlegst du, wie du uns beide auseinander bringen kannst!»

Anton schüttelte den Kopf. «Nein!»

«Oh doch!», sagte der Vampir. «Noch nie hast du ein einziges nettes Wort über Olga gesagt! Und warum?«

Er blickte Anton durchdringend an, aber der war klug genug, *nicht zu* erwidern, dass es an Olga lag, wenn man über sie nichts Nettes sagen konnte.

«Weil es dich ärgert, dass ich auch für Olga ... nun, freundschaftliche Gefühle hege!», gab sich der kleine Vampir selbst die Antwort – sichtlich stolz, so viel Scharfsinn bewiesen zu haben.
Anton fürchtete, dass es ihm wohl kaum gelingen würde, Rüdiger in diesem fortgeschrittenen Stadium der Liebesblindheit die Augen zu öffnen. Dennoch versicherte er: «Ich hab das nicht gesagt, um euch auseinander zu bringen. Ich wollte dich nur warnen – wegen Igno von Rant. Aber wenn du glaubst, dass ich *gegen* dich bin ...»
«Nicht gegen mich!», sagte der kleine Vampir. «Gegen Olga!»
Anton seufzte kaum merklich. «Also gut, fliegen wir», sagte er.
«Na, endlich», knurrte der Vampir.
Er kletterte aufs Fensterbrett und schwang sich in die Luft. Anton holte seinen Vampirumhang aus dem Schrank, zog ihn über, und nachdem er das Licht gelöscht hatte, folgte er dem kleinen Vampir.
«Beeil dich!», fuhr der Vampir ihn draußen an. «Ich möchte nicht durch deine Schuld zu spät kommen.»
‹Durch meine Schuld, ja!›, dachte Anton grimmig.
Er gab sich alle erdenkliche Mühe, den kleinen Vampir vor drohendem Unheil zu bewahren – und dann durfte er für Rüdiger auch noch den Sündenbock spielen!
«Undank ist der Vampire Lohn!», sagte er – aber so leise, dass der kleine Vampir es bestimmt nicht gehört hatte.

Magenfieber

Sie kamen keineswegs zu spät: Als sie hinter den Rosensträuchern am Haus von Herrn Schwartenfeger landeten, zeigte die Uhr vor der Apotheke erst 21.20 Uhr.

«Wir sind sogar zehn Minuten zu früh!», triumphierte Anton.

«Ha, das hast du nur mir zu verdanken!», erwiderte der kleine Vampir prahlerisch. «Weil *ich* so ein rasantes Tempo vorgelegt habe, bist *du* automatisch mitgezogen – nein, mitgesogen worden.»

«Ach, wirklich?», sagte Anton spöttisch.

«Ja, und den Umhängen – unseren Original-von-Schlotterstein-Umhängen – verdankst du das natürlich auch!», fuhr der Vampir fort. «Übrigens, falls du es noch nicht wissen solltest: Die Umhänge hat meine Großmutter, Sabine die Schreckliche, eigenhändig genäht!»

«Sie würde auch vampirteufelswild werden, wenn sie wüsste, dass du – als Mensch! – ihren Umhang trägst», fügte er kichernd hinzu.

«*Ihren* Umhang?», sagte Anton erschrocken. «Ich dachte, das wäre der von Onkel Theodor?»

«Ist er ja auch», antwortete der Vampir. «Aber sie hat ihn genäht; damals in Transsylvanien, bevor sie dieses Magenfieber bekam.»

«Magenfieber?», wiederholte Anton – halb mitfühlend, halb skeptisch. «Ist das eine Krankheit?»

«Eine furchtbare Krankheit!», erklärte der kleine Vampir mit plötzlich ganz veränderter, kläglicher Stimme. «Und ich fürchte, meine Großmutter hat sie auf mich vererbt: Mir ist schon wieder so komisch ...»

Er verzog sein Gesicht und presste die Hände auf den

Bauch. Dabei sah er starr auf die Uhr vor der Apotheke, deren großer Zeiger in diesem Augenblick auf die «6» vorrückte.

«Halb zehn!», sagte Anton. «Komm, Herr Schwartenfeger erwartet uns. Oder, besser gesagt: dich!»

«Lass mich jetzt bloß nicht allein!», schrie der kleine Vampir auf. «Wo mir so komisch ist …»

«Das macht bestimmt die Aufregung», meinte Anton.

«Die Aufregung?», sagte der Vampir mit schwacher Stimme.

«Na ja –» Anton unterdrückte ein Grinsen. «Wenn doch Olgas Rückkehr unmittelbar bevorsteht …»

«Glaubst du, es ist deswegen?», fragte der kleine Vampir, und ein verliebtes Lächeln erschien auf seinem Gesicht.

«Bestimmt!», sagte Anton.

Dabei blickte er besorgt auf die Uhr. Inzwischen war es fünf Minuten nach halb zehn.

«Komm jetzt, Rüdiger!»

Entschlossen ging Anton zur Tür.

Als er sah, dass der kleine Vampir hinterherkam, drückte er auf den Klingelknopf von Herrn Schwartenfeger – zweimal kurz, zweimal lang, wie vereinbart.

Schwere Schritte näherten sich, und dann stand Herr Schwartenfeger ihnen gegenüber. «Und ich dachte schon, ihr würdet nicht mehr kommen!», sagte er.

Anton warf einen Blick auf den Vampir und antwortete grinsend: «Es gab nur ein paar Probleme mit dem Flug.»

«Mit dem Flug?» Herr Schwartenfeger schmunzelte – offenbar hielt er das für einen Scherz. «Ich hatte befürchtet, Rudolf könnte sich doch *gegen* die Therapie entschieden haben.»

«Nein, nein – *für*!», erwiderte der kleine Vampir heiser.

«Das freut mich, wirklich!» Herr Schwartenfeger seufzte tief. «Aber kommt doch herein.»

Anton trat ein, und der kleine Vampir folgte ihm zögernd.
«Und welcher Art waren eure Probleme?», erkundigte sich der Psychologe, während sie die Stufen zu seiner Praxis hinaufgingen.
«Na ja –» Anton sah den Vampir von der Seite an und grinste. «Diese alten Vampirumhänge mit ihren tausend Löchern – die sind nicht gerade windschnittig. Und Rü- äh, Rudolf war heute ziemlich langsam.»
«Langsam? Ich?», rief der kleine Vampir entrüstet.
Anton beachtete den Einwand gar nicht. «Wissen Sie, Rudolfs Gesundheit ist etwas angegriffen», sagte er.
«Ha!», schnaubte der Vampir. Er stellte sich Anton in den Weg und hielt ihm drohend seine Fäuste unter die Nase.
«Gleich wirst *du* angegriffen – Verräter!»
«Ja, ist das die Möglichkeit?», sagte Herr Schwartenfeger, der ebenfalls stehen geblieben war. «Ihr seid kaum da, und schon fallt ihr wieder übereinander her!»
«Wir?», fauchte der kleine Vampir. «Anton fällt über mich her!»
«Und Anton fuchtelt wohl auch mit den Fäusten in der Luft herum, wie?», entgegnete Herr Schwartenfeger.
Der kleine Vampir ließ die Arme sinken und zischte: «Sie sind ja parteiisch!»
Doch der Psychologe blieb ganz ruhig.
«Ich glaube, Anton sollte heute besser im Wartezimmer bleiben», erklärte er.
Sekundenlang war der kleine Vampir sprachlos. Dann rief er: «Ohne Anton will ich mich nicht entspannen! Wenn Anton nicht dabei ist, können Sie Ihre Therapie vergessen, jawohl!»
«Na schön», lenkte Herr Schwartenfeger ein. «Gehen wir alle drei in mein Sprechzimmer.»

«Aber Anton bleibt dabei?», vergewisserte sich der kleine Vampir noch einmal.
«Vorausgesetzt, dass du etwas höflicher bist!», erklärte Anton und grinste.
«Superhöflich!», knurrte der Vampir.

Schattenboxen

Im Sprechzimmer des Psychologen ging der kleine Vampir ohne Umschweife auf den breiten, mit grünem Leder bezogenen Entspannungsstuhl zu, in dem er auch während der Probestunde gesessen hatte.
Er nahm Platz und begann, merkwürdige Bewegungen mit den Armen zu vollführen – als hätte er einen Kursus im Schattenboxen besucht.
«Möchtest du uns mit deinen Gesten etwas zeigen, Rudolf?», fragte Herr Schwartenfeger, der in seinem Drehstuhl hinter dem großen, wie immer mit Akten und Büchern übersäten Schreibtisch thronte und den kleinen Vampir aufmerksam beobachtete.
«Wie – zeigen?», brummte der Vampir.
«Es sieht sehr geheimnisvoll aus, was du da machst», meinte der Psychologe.
«Geheimnisvoll?», wiederholte der kleine Vampir. «Ich entspanne mich!»
«Ach so –» Herr Schwartenfeger kratzte sich am Kinn. Offensichtlich war es ihm peinlich, dass er Rüdigers «Entspannungs»-Übungen nicht als solche erkannt hatte.
Aber gleich darauf hatte er sich wieder gefangen, und mit seiner ruhigen, freundlichen Psychologen-Stimme sagte er:

«Na, das ist ja wunderbar, dass du schon angefangen hast! Dann können wir gleich mit den Übungen fortfahren – wenn du einverstanden bist.»

«Klar bin ich einverstanden», zischte der Vampir. «Sieht man nicht, dass ich ganz heiß auf das Programm bin?»

«Heiß?» Herr Schwartenfeger hüstelte. «Ja, heute bist du etwas weniger blass als beim letzten Mal.»

Anton musste grinsen.

‹Kein Wunder, wenn Rüdiger in derart heißer Liebe entbrannt ist!›, dachte er – aber da er keinen weiteren Streit heraufbeschwören wollte, behielt er das lieber für sich.

Erwartungsvoll saß er auf dem alten, harten Holzstuhl vor dem Schreibtisch von Herrn Schwartenfeger und verfolgte, wie der Psychologe nun mit dem Training begann: «Schließ deine rechte Hand zu einer Faust, Rudolf, ganz fest ... halte die Spannung, ja ... Und nun lass die Finger locker werden, entspann sie ... du bist ganz locker ...»

Heute wirkte der kleine Vampir viel konzentrierter und auch nicht mehr so ängstlich und verkrampft, fand Anton. Nur ein einziges Mal unterbrach Rüdiger das Programm, weil seine Arme, wie er sagte, «schwer wie zwei Bleisärge» wären. Ansonsten befolgte er ohne Murren die Anweisungen: Er entspannte die Arme, den Nacken und dann die Schultern.

Die seltsame, gesammelte Stille, die diese Übungen begleitete, übertrug sich sogar auf Anton.

Er wagte kaum zu atmen.

Erst als der kleine Vampir seine Gesichtsmuskeln entspannen sollte, löste sich diese sonderbare Stimmung.

Auf einmal hatte Anton Mühe, nicht vor Lachen herauszuplatzen: Es war aber auch zu komisch, wie der kleine Vampir seine Stirn in Querfalten legte und wie ein trauriger Dackel aussah.

Danach sollte der Vampir seine Augen schließen.
Staunend sah Anton, dass Rüdigers Augenlider diesmal überhaupt nicht zuckten. Er warf Herrn Schwartenfeger einen beifälligen Blick zu.
Die ruhig und bestimmt vorgetragenen Anweisungen des Psychologen schienen auf den kleinen Vampir eine fast hypnotische Wirkung auszuüben!
«Und nun zählst du langsam rückwärts, beginnend bei fünf!», fuhr Herr Schwartenfeger fort. «Und dann sagst du: ‹Ich fühle mich wohl, ich bin hellwach und munter!›, und schlägst die Augen auf!»
Mit dumpfer Stimme fing der Vampir zu zählen an: «Fünf ... vier ... drei ... eins ... Ich fühle mich wohl, ich bin hellwach und munter –»
Er öffnete die Augen und piff leise durch die Zähne. «Ich bin tatsächlich hellwach und munter», sagte er, und mit einem rauen, kehligen Gelächter fügte er hinzu: «Ihr Programm ist ja fast so gut wie 'ne Blutauffrischung, haha!»
Anton erschauerte, aber Herr Schwartenfeger lächelte geschmeichelt. «Ich bin sehr froh, dass es so positiv auf dich wirkt!», sagte er. «Mein anderer Patient, Igno von Rant, hat nach den ersten Sitzungen immer über Kopfschmerzen geklagt.»
«Kopfschmerzen?», meinte der Vampir und tippte sich an die Stirn. «Ein Fremdwort für mich.»
Und großspurig fügte er hinzu: «Es kommt eben immer auf den Kopf an, den man hat!»
«Oder auf das Brett, das man davor hat!», ergänzte Anton.
Kaum war ihm das entschlüpft, hätte er sich für diese dumme Bemerkung ohrfeigen mögen. Doch der kleine Vampir würdigte Anton keines Blickes – als hätte er die Bemerkung nicht gehört.

Jeden Morgen geht die Sonne auf

«Von mir aus können wir ruhig noch ein paar Übungen machen», erklärte der kleine Vampir jetzt, zu Herrn Schwartenfeger gewandt.
«Aber ich möchte nicht, dass du dich allzu sehr anstrengst, Rudolf», antwortete der Psychologe.
«Ach –», sagte der Vampir. «Ich bin es gewöhnt, dass man auf meinen Nerven herumtrampelt.»
«Tatsächlich?» Herr Schwartenfeger wirkte betroffen.
«Na ja –» Der Vampir grinste hinterhältig und deutete mit einem Kopfnicken zu Anton hinüber. «Wenn man mit so einem wie dem da befreun-, äh, bekannt ist!»
Im ersten Augenblick wollte Anton etwas Boshaftes entgegnen. Aber dann sagte er sich, dass es Rüdigers Rache für das «Brett vor dem Kopf» war, und so beschränkte er sich darauf, dem Vampir einen wütenden Blick zuzuwerfen.
«Nein, ich denke wirklich, dass es für heute genug war!», erklärte Herr Schwartenfeger.
Offenbar spürte er, dass ein neuerlicher Streit zwischen Anton und dem kleinen Vampir in der Luft lag. «Vertagen wir uns auf den nächsten Samstag, Rudolf!»
«Aber *eine* Übung will ich noch machen!», beharrte der kleine Vampir.
«Hm ...» Herr Schwartenfeger zupfte an seinem Schnurrbart. «Also, wir könnten noch ein paar Übungen mit den gelben Sachen machen – wenn du möchtest.»
«D-das geht nicht!», stotterte Anton.
Herr Schwartenfeger sah ihn überrascht an. «Wieso nicht?»
«Ich – die Tüte mit den gelben Sachen. Sie ist noch zu Hause, in meinem Schrank.»

«In deinem Schrank?», schnaubte der kleine Vampir. «Sag mal, wozu nehme ich dich überhaupt mit, wenn du ein Gedächtnis wie ein Schweizer Käse hast – bloß mit noch mehr Löchern!»
«Es tut mir Leid», sagte Anton verlegen.
«Es tut dir Leid? Ist das alles?», knurrte der kleine Vampir.
«Durch deine Schuld bin ich um Wochen im Programm zurückgeworfen – jawohl!»
«Jetzt bist du aber ungerecht, Rudolf», mischte sich da Herr Schwartenfeger ein. «Es kann schließlich jedem passieren, dass er etwas vergisst. Und um Wochen zurückgeworfen im Programm – das ist wohl, gelinde gesagt, etwas übertrieben!»
Der kleine Vampir verzog missfällig den Mund, erwiderte aber nichts.
«Und im Übrigen», fuhr Herr Schwartenfeger in versöhn-

licherem Ton fort, «sind wir auf die Sachen in der Tüte gar nicht angewiesen! Das wirst du gleich merken, Rudolf.»
Er nickte dem Vampir zu, und mit geheimnisvoller Miene öffnete er eine Schublade seines Schreibtisches – aber nur ein Stück weit, sodass weder Anton noch Rüdiger sehen konnten, was sie enthielt.
«Du magst doch Musik?», fragte er.
«Klar!», antwortete der Vampir.
«Dann hör mal genau zu!» Herr Schwartenfeger griff in die Schublade, und gleich darauf ertönte eine leise, etwas blechern klingende Musik.
Es war eine Melodie, die Anton bekannt vorkam.
Er horchte – und plötzlich wusste er, welches Lied es war: «Jeden Morgen geht die Sonne auf ...» *
‹Und ausgerechnet dieses Lied muss Herr Schwartenfeger dem kleinen Vampir vorspielen!›, dachte er und blickte besorgt zu Rüdiger hinüber.
Doch der saß zurückgelehnt in seinem grünen Stuhl und schien ganz verzückt zu lauschen.
«Gefällt dir die Musik?», fragte Herr Schwartenfeger.
«Ja!», sagte der Vampir. «Sie ist genau richtig für mich und Olga!»
«Du kennst das Lied?»
«Nein, wieso?»
«Es heißt ‹Jeden Morgen geht die Sonne auf›!»
«Geht die ... Sonne auf?» Der Vampir gab ein Stöhnen von sich.
«Ja. Aber lass dich durch den Titel nicht beunruhigen!»
Wieder machte Herr Schwartenfeger eine Bewegung in der Schublade, und aufs Neue erklang das Lied.
«Achte nur auf die Musik!», sagte er mit seiner tiefen, ein

* Nach dem Gedicht «Jeden Morgen» von Hermann Claudius

wenig einschläfernden Stimme. «Du bist ganz entspannt und hörst nur auf die Musik!»
Der kleine Vampir lehnte sich zurück und schloss die Augen. «Und nun singe ich leise den Text dazu», kündigte Herr Schwartenfeger an.
«Oh nein!», murmelte Anton.
Tatsächlich begann Herr Schwartenfeger jetzt, wenn auch sehr verhalten, zu singen:

«Jeden Morgen geht die Sonne auf
in der Wälder wundersamer Runde.
Und die schöne, scheue Schöpferstunde,
jeden Morgen nimmt sie ihren Lauf.»

Zu Antons Verwunderung blieb der kleine Vampir ganz ruhig liegen – trotz der «aufgehenden Sonne» und trotz der «schönen, scheuen Schöpferstunde».

Einfach so?

Während Herr Schwartenfeger sang, musterte er den kleinen Vampir – aufmerksam und ein wenig besorgt, wie es Anton schien.
Doch Rüdiger hielt die Augen geschlossen und ließ kein Zeichen von Abwehr oder Angst erkennen.
«Möchtest du nun erfahren, woher die Musik kommt, Rudolf?», fragte Herr Schwartenfeger, nachdem er seinen Gesang beendet hatte.
«Nein», antwortete der kleine Vampir, ohne die Augen zu öffnen. «Aber hören will ich sie nochmal.»

«Du wirst dir die Musik anhören können, sooft du möchtest!», sagte der Psychologe geheimnisvoll.
«Sooft ich möchte?», wiederholte der kleine Vampir.
Er öffnete die Augen einen Spaltbreit.
«Dann will ich sie jetzt hören», erklärte er. «Warum fangen Sie nicht an?»
«Weil *du* anfangen sollst!», erwiderte Herr Schwartenfeger.
«Ich?» Jetzt öffnete der kleine Vampir seine Augen ganz. «Ich singe nicht – jedenfalls heute nicht!»
Herr Schwartenfeger lächelte. «Du musst auch nicht singen, Rudolf. Du wirst sie einfach nur aufziehen; genauso, wie ich es getan habe!»
«Aufziehen?»
«Ja!» Herr Schwartenfeger fasste in die Schublade und brachte eine runde, in gelben Plüschstoff eingefasste Spieldose zum Vorschein.
Anton hielt den Atem an: Mit ihren gelben Zacken und dem aufgestickten lachenden Gesicht stellte die Spieldose unverkennbar eine Sonne dar!
Doch Rüdiger wirkte keineswegs erschrocken oder ängstlich – eher verwundert und sogar ein wenig neugierig.
«Und dieses scheußliche gelbe Ding macht so schöne Musik?», fragte er ungläubig.
Herr Schwartenfeger nickte. «Du brauchst sie nur aufzuziehen, und schon spielt sie ihr Lied – ganz allein für dich!»
«Für mich allein?», sagte der kleine Vampir zweifelnd. «Aber Anton hört es doch auch!»
«Wenn dir die Spieldose gefällt», antwortete Herr Schwartenfeger in feierlichem Ernst, «und wenn du sie haben möchtest – dann schenke ich sie dir!»
Der Vampir zog argwöhnisch die Augenbrauen zusammen. «Sie geben die Musikdose weg – einfach so?»
«Nein», widersprach Herr Schwartenfeger. «Schenken be-

deutet nicht ‹einfach so weggeben›. Ich würde sie dir schenken, weil sie dir helfen kann, deine Angst vor den Sonnenstrahlen zu überwinden.»
«Ach, deshalb!» Ein erleichtertes Lächeln huschte über das Gesicht des Vampirs. «Jetzt verstehe ich.»
Er knackte mit den Fingernägeln und murmelte: «Wenn nur dieses eklige Gelb nicht wäre ... Aber die Musik – die ist wirklich toll!»
«Und Olga liebt Musik ...», fügte er nach einer Pause hinzu.
Der Gedanke an Olga hatte offenbar den Ausschlag gegeben; denn nun erklärte der kleine Vampir in seiner gewohnten, schnodderigen Art: «Also: Wenn es für die Therapie gut ist, nehme ich die Musikdose!»

«Sonst hättest du sie nicht genommen?», fragte Herr Schwartenfeger.
«Nein!», erwiderte der Vampir hoheitsvoll. «Ich nehme nichts von Menschen.» Er ließ die Spieldose unter seinem Umhang verschwinden. «Mit einer Ausnahme ...»
«Ja!», bemerkte Anton grimmig. «Mit Ausnahme meiner Bücher, meiner Lieblingsbücher.»
Der kleine Vampir warf ihm einen belustigten Blick zu. «Sei froh, dass ich nur *Bücher* von dir will!»
Er lachte krächzend.
«Aber vom Lesen werde ich leider nicht satt», erklärte er, wieder ernst geworden, und stand auf.
Die Melodie aus der Spieldose summend, ging er zur Tür.
«Wie war noch der Text?», sprach er mit sich selbst. «Jeden Abend gehn die Sterne auf? Ja, genau: Jeden Abend gehn die Sterne auf ...»
Damit knallte er die Tür des Sprechzimmers hinter sich zu.
«Warte doch!», rief Anton.
«Ja, warte!», sagte auch Herr Schwartenfeger, der mit seinem dicken Bauch Mühe hatte, hinter dem Schreibtisch hervorzukommen.
Rüdiger hatte schon die Haustür erreicht – da erschien Herr Schwartenfeger erst oben auf dem Absatz der Treppe.
«Bis zum nächsten Samstag, Rudolf!», rief er. «Und viel Erfolg mit der Spieldose!»
«Erfolg?», knurrte der Vampir.
Doch dann grinste er und sagte: «Ja, stimmt. Meine Musikdose wird mir sogar einen Riesenerfolg bescheren – bei Olga!» Mit einem heiseren Lachen riss er die Haustür auf.
Draußen schwang er sich in die Luft und entfernte sich mit raschen, kräftigen Armstößen, ohne im Geringsten auf Anton zu achten.

So schnell Anton nur konnte, flog er hinterher – entschlossen, dem kleinen Vampir die Meinung zu sagen: dass Rüdiger sich heute mal wieder von seiner allerschlechtesten Seite zeigte!

Freundschaftsdienst

Nach einer Weile verlangsamte der kleine Vampir seinen Flug und drehte sich mit einem anerkennenden Grinsen zu Anton um.
«Nicht schlecht», meinte er. «Du fliegst ein Tempo, als wärst du seit hundert Jahren dabei.»
«Ach –», sagte Anton gedehnt. «Es reicht mir schon, wenn ich *heute* dabei bin. Ich hab nämlich keine Lust, immer allein zurückzufliegen.»
«Soll das ein Vorwurf sein?», brauste der kleine Vampir auf.
«Eher ein Vor*schlag*», erwiderte Anton.
«Bestimmt ein Schlag ins Wasser», sagte der kleine Vampir spöttisch.
«Oder ein Schlag ins Gesicht», konterte Anton.
«Schwing hier keine großen Reden!», fauchte der Vampir. «Rück endlich damit raus, was du willst.»
«Gut!» Anton räusperte sich. «Mein Vorschlag ist: Ich komme auch am nächsten Samstag mit zu Herrn Schwartenfeger.» Der kleine Vampir starrte ihn verdutzt an.
«Wie meinst du das?», fragte er. «Du kommst doch jedes Mal mit.»
«Das glaubst *du*!» Anton machte ein paar kräftige Armstöße.
«Ja, aber das ist doch abgesprochen!», rief der Vampir.

«Abgesprochen?» Anton lachte trocken. «Und selbst wenn. Ich bin nicht verpflichtet mitzukommen.»
«Aber ich kann doch nicht ohne dich –», meinte der Vampir, plötzlich ganz kleinlaut. «Das kannst du doch nicht wollen, dass ich alleine zu diesem ...»
«Will ich auch nicht!», sagte Anton betont gönnerhaft. «Ich würde ja auch wieder mitkommen, wenn ...»
Er ließ den Satz unvollendet, um die Spannung noch zu steigern.
«Wenn was?», rief der kleine Vampir.
«Wenn *du* dich wie ein Freund benimmst!», erklärte Anton und grinste in sich hinein.
«Ich mich – wie ein Freund?» Sekundenlang sah es so aus, als wollte der kleine Vampir Anton an die Kehle fahren. Aber dann schien er begriffen zu haben, dass Anton im Moment die besseren Karten hatte.
Zähneknirschend sagte er: «Na schön, dann benehme ich mich eben wie ein Freund – wenn du unbedingt willst!»
«Und ob ich das will.» Anton genoss seinen Triumph. «Ich weiß auch bereits den ersten Freundschaftsdienst, den du mir erweisen kannst!»
«Und der wäre?», fragte der Vampir misstrauisch.
«Du wirst mich jetzt, wie ein echter Freund, bis zu meiner Haustür begleiten; nein, bis zum Fenster!»
«Der fängt ja reizend an – dein Nachhilfeunterricht in Freundschaft», knurrte der kleine Vampir.
Aber er flog tatsächlich neben Anton her – bis zu der Siedlung, in der Anton wohnte.
«Das reicht jetzt wohl, oder?», zischte der Vampir.
«Nein, ich möchte, dass du mich noch bis zu meinem Fenster bringst», erklärte Anton.
Der kleine Vampir gab ein wütendes Schnauben von sich. Aber dann auf einmal begann er zu grinsen.

«Ja, gern doch», sagte er, übertrieben freundlich. «Wenn du anschließend *mir* einen Freundschaftsdienst erweist!»
Und damit Anton auch verstand, worauf er anspielte, entblößte er seine nadelspitzen Eckzähne.
Anton bekam eine Gänsehaut.
«Ich ... also, bis zum Fenster brauchst du doch nicht mitzukommen», sagte er hastig.
«So plötzlich?», fragte der Vampir sanft.
«Ähm – sehr weit ist es ja nicht mehr», stotterte Anton.
«Typisch Anton Bohnsack!», bemerkte der kleine Vampir abfällig. «Von *mir* verlangst du einen Freundschaftsdienst. Aber wenn die Reihe an *dich* kommt, bist du zu gar nichts bereit – zu dem kleinsten Freundschaftsdienst nicht!»
«Und außerdem», fügte er hinzu, «bist *du* noch viel weniger ein Freund. Ein echter Freund hätte niemals die Tüte vergessen, jawohl!» Er schnaufte; sehr selbstzufrieden, wie es Anton schien – und dann flog er ohne ein Abschiedswort davon. «Von mir aus kannst du in Zukunft allein zu Schwartenfeger gehen!», rief Anton ihm hinterher.

Ein Verehrer

Am darauf folgenden Samstag allerdings war Antons Zorn wieder verraucht.
Nachdem seine Eltern schon kurz nach sieben aufgebrochen waren, um ein Konzert zu besuchen, wartete er in seinem Zimmer ungeduldig auf den kleinen Vampir.
Die Tüte mit den gelben Sachen hatte er schon in das geöffnete Fenster gestellt. Doch die Zeit verstrich, ohne dass Rüdiger erschien. Ob der kleine Vampir beleidigt ist?, über-

legte Anton, und fast bereute er nun, Rüdiger Vorhaltungen gemacht zu haben, er sei kein richtiger Freund. Aber dann, um zwanzig nach neun, landete der kleine Vampir auf Antons Fensterbrett – ziemlich außer Atem.

«Kleine Schwestern können die reinste Pest sein!», zischte er anstelle einer Begrüßung.

«Wie meinst du das?», sagte Anton betroffen.

«Ha! Wegen Anna werde ich jetzt zu spät zur Therapie kommen!»

«Wegen Anna?» Anton erschrak. «Ist etwas passiert?»

«Passiert, passiert!», schnaubte der Vampir. «Es *pressiert*!»

«Es – was?», fragte Anton verständnislos, der dieses Wort noch nie gehört hatte.

«Es eilt!», donnerte der Vampir. «Na los, zieh den Umhang an und komm.»

«J-ja», murmelte Anton, während er sich rasch den Vampirumhang überstreifte und die Tüte unter seinen Pullover schob. Als sie nebeneinanderher flogen, fragte er vorsichtig: «Was ist denn mit Anna?»

«Ach, nur so ein dämlicher Verehrer!», antwortete der Vampir und machte eine wegwerfende Handbewegung.

«Ein – Verehrer?» Anton spürte, wie sein Herz stürmisch zu klopfen begann. «Anna hat einen Verehrer?»

Der Vampir lachte krächzend. «Die doch nicht! Nein, Tante Dorothee! Aber Anna hat mir so lange in den Ohren gelegen, bis ich heute Abend mitgeflogen und mir diesen Verehrer angeguckt habe.»

«Du ... du hast ihn gesehen?», fragte Anton, dem eingefallen war, was ihm Herr Schwartenfeger vor einiger Zeit über seinen geheimnisvollen Patienten erzählt hatte: dass Igno von Rant sich für eine Vampir-Dame interessieren würde. Schon damals hatte er, Anton, den Gedanken gehabt, diese Vampir-Dame könnte Tante Dorothee sein ...

«Und wie sieht er aus?», fragte Anton mit rauer Stimme.
«Na, wie schon», antwortete der kleine Vampir unwirsch. «Ziemlich klein, ziemlich dünn, Vampirumhang, ölige schwarze Haare ...»
«Ölige schwarze Haare?», rief Anton, und vor Erregung zitterte seine Stimme. Zwei Dinge waren das Auffallendste an Igno von Rant gewesen: Seine mit viel Pomade nach hinten frisierten Haare, die so tiefschwarz waren, dass sie nur gefärbt sein konnten – und sein Geruch nach Maiglöckchen.
«Und sonst ist dir nichts aufgefallen?», fragte er, bemüht, sich seine Aufregung nicht anmerken zu lassen.
«Sonst?», wiederholte der kleine Vampir und fing an zu kichern. «Doch! Er ist einen Kopf kleiner als Tante Dorothee, und deshalb muss er sich auf die Zehenspitzen stellen, wenn er ihr einen – hihi – Kuss geben will.»
«Und der Geruch?», sagte Anton. «Hat er nicht irgendwie ungewöhnlich gerochen?»
Der Vampir schüttelte den Kopf. «Kein bisschen!»
«Aber wie kommst du darauf?», fragte er nach einer Pause argwöhnisch. «Hat Anna dich etwa auch schon mitgenommen, damit du ihn dir angucken sollst?»
«Nein. Ich hab Anna seit dem Fasching bei Schnuppermaul nicht mehr gesehen», erwiderte Anton.
«Stimmt!» Der kleine Vampir grinste. «Anna ist schwer enttäuscht von dir – weil du sie nicht vor Lumpi in Schutz genommen hast!»
«Vor Lumpi?», sagte Anton überrascht.
«Ja!», bestätigte der Vampir. «Als Lumpi diesen netten, kleinen Witz gemacht hat: dass sie unter ihrem Kleid löchrige Wollstrumpfhosen tragen muss ...»
«Lumpi?» Anton konnte sich sehr wohl erinnern, wer diesen hässlichen Witz gemacht und damit Anna von der Faschingsparty vertrieben hatte: Rüdiger selbst!

Aber da er sich mit dem kleinen Vampir nicht schon wieder streiten wollte – am allerwenigsten vor dem Besuch bei Herrn Schwartenfeger –, ging er lieber nicht darauf ein.
«Dieser Verehrer», sagte er, «falls er nach Maiglöckchen-Parfüm riechen würde, könnte *er* der geheimnisvolle Patient von Herrn Schwartenfeger sein, Igno von Rant.»
«Er riecht aber ganz normal», antwortete der kleine Vampir.
«Kein bisschen süßlich?», fragte Anton.
«Nein!» Der Vampir grinste. «Er riecht fast so gut wie du», sagte er mit einem Seitenblick auf Antons Umhang.
«Wie ich?» Anton machte ein sehr würdevolles Gesicht. «Dass der Miefgeruch in dem Stoff drinsitzt, ist ja wohl nicht meine Schuld!»
«Miefgeruch?», fragte der Vampir, offenbar geschmeichelt. «Ja, mein Onkel Theodor hatte seine ganz persönliche Duftnote – so richtig schön nach Schwefel und faulen Eiern!»
«Armer Onkel Theodor», fügte er nach einer Pause hinzu. «Nur sein Duft ist ihm treu geblieben!» Er räusperte sich, und dann zeigte er nach unten, auf das Haus von Herrn Schwartenfeger. «Wir sind da!»

Der Lichtapparat

Als sie das Sprechzimmer betraten, stand neben dem Schreibtisch von Herrn Schwartenfeger eine Art Servierwagen, auf dem Anton einen hohen, schmalen Kasten erkannte. In diesem Kasten waren mehrere Röhren aus Glas senkrecht nebeneinander befestigt.
«Was ist das?», fragte der kleine Vampir und ging zögernd darauf zu.

«Das ist ein Lichtapparat», erklärte Herr Schwartenfeger.
«Ein Licht-Apparat?»
«Ja. Es ist ein Schirm, der starkes Licht verbreitet, ungefähr so hell wie Tageslicht.»
«Wie Tageslicht?», schrie der Vampir auf. «Aber dann –» Er vollendete den Satz nicht, sondern stöhnte leise.
«Es ist doch nur künstliches Licht», beruhigte ihn Herr Schwartenfeger. «Der Apparat kann dir überhaupt nichts anhaben, Rudolf!»
«Woher wollen Sie das wissen?», zischte der Vampir.
«Ich weiß es aus Erfahrung», antwortete Herr Schwartenfeger. «Mein anderer Patient, Igno von Rant, schwört auf die Wirkung des Lichtapparats!»
«Tatsächlich?» Das schien den kleinen Vampir überzeugt zu haben.
«Ich hoffe, ihr habt die Sonnenbrille mitgebracht!», sagte Herr Schwartenfeger.
«Die Tüte!», herrschte der kleine Vampir Anton an. «Hast du die Tüte?»
«Ja», brummte Anton – verärgert über den barschen Ton des Vampirs.
«Na bitte!» Jetzt grinste der Vampir.
Zu Herrn Schwartenfeger gewandt sagte er großspurig: «Ich hab Anton gründlich den Marsch geblasen, wissen Sie. Der wird nicht so schnell wieder was vergessen.»
Anton presste wütend die Lippen zusammen. Mit einer heftigen Bewegung zog er unter dem Pullover die Tüte hervor und gab sie dem Vampir. Sogleich begann Rüdiger darin zu kramen. Aber dann überlief ihn ein Zittern.
«Brrr, so viel Gelb!», krächzte er, und mit einer Geste des Abscheus hielt er Anton die Tüte hin. «Greif *du* da rein!»
Anton rührte sich nicht.
«Mach schon!», fauchte der Vampir.

Herr Schwartenfeger, der wohl einen neuerlichen Streit voraussah, räusperte sich.
«Das kann ich ja machen, in die Tüte greifen», bot er an.
Nach kurzem Suchen hatte er die Brille gefunden. Er reichte sie dem kleinen Vampir. Der ergriff sie nur widerwillig und hielt sie mit spitzen Fingern von sich weg.
«So, und jetzt gehst du auf den Entspannungsstuhl!», sagte Herr Schwartenfeger – ungewöhnlich bestimmend, wie Anton fand.
Rüdiger knurrte etwas und ließ sich in dem breiten Armlehnenstuhl nieder. Dabei machte er ein Gesicht, als müsste er auf einer Zitrone herumbeißen – nein, viel schlimmer noch: auf einer Knoblauchzehe!
Anton, der wie immer mit dem harten, ungemütlichen Stuhl vorlieb nehmen musste, beobachtete den Vampir halb

belustigt, halb besorgt. Er war nicht sicher, ob der Vampir seine Abneigung gegen die Brille vielleicht nur spielte. Denn schließlich war es nicht mehr als ein Gestell aus schwarzem Plastik mit extradunklen Gläsern!
«Und jetzt entspannst du dich, Rudolf», hörte Anton die Stimme des Psychologen. «Du bist ganz ruhig und lässt deine Muskeln locker werden, ganz locker ...»
«Mit der ekligen Brille in der Hand kann ich das nicht», knurrte der Vampir.
«Doch, du kannst es!», widersprach Herr Schwartenfeger. «Du wirst ganz locker ... So ... achte nur auf dieses Gefühl der Entspannung ... Ja, jetzt bist du wunderbar ruhig ... Und nun setzt du langsam die Sonnenbrille auf ...»
Als hätte Herr Schwartenfeger den Vampir mit seinen Entspannungsübungen hypnotisiert, hob Rüdiger seinen rechten Arm und schob sich die Sonnenbrille auf die Nase.
«Sehr schön!», lobte Herr Schwartenfeger. «Du bist noch immer ganz entspannt, Rudolf ... Du spürst die Brille kaum mehr ... Sie ist da, aber sie stört dich nicht ... Du bist ganz locker und entspannt ...»
Der kleine Vampir gab einen Seufzer von sich.
Er schien jetzt tatsächlich tief entspannt zu sein; denn sogar seine langen, mageren Hände, die sonst fast immer in Bewegung waren, lagen ruhig auf den Armlehnen.
Anton kam es fast wie ein Wunder vor. Ihm fiel ein, was Herr Schwartenfeger zu Beginn der Therapie gesagt hatte: Wenn sie zusammenarbeiten würden, könnten Rüdiger und er vielleicht ein kleines Wunder vollbringen.
«Und nun wollen wir den Lichtapparat einschalten», kündigte Herr Schwartenfeger an. «Du wirst die Augen schließen und dich entspannen ...»
Anton hatte erwartet, dass der kleine Vampir auf das Einschalten des Lichtapparats mit Angst, vielleicht mit Panik

reagieren würde. Doch der Vampir blieb sitzen, und nicht ein Wort des Protests kam über seine schmalen, ziemlich blutleer aussehenden Lippen.
«Hast du die Augen geschlossen?», vergewisserte sich Herr Schwartenfeger.
«Ja.»
«Gut. Bleib ganz entspannt, Rudolf ...»
Aufgeregt sah Anton zu, wie Herr Schwartenfeger einen Schalter betätigte, der seitlich an dem Kasten angebracht war.
Sekundenlang geschah nichts, aber dann leuchteten die Glasröhren auf und tauchten das Sprechzimmer in ein außerordentlich helles, intensives Licht.
Im ersten Moment war Anton wie geblendet. Er kniff die Augen zusammen und blinzelte.
Das Licht erinnerte ihn an die Rotlichtlampe bei sich zu Hause, die auch so ein durchdringendes Licht verbreitete. Nur war das Licht aus dem Apparat nicht rot, sondern weiß.
Herr Schwartenfeger schob den Wagen mit dem Lichtapparat näher an den Entspannungsstuhl heran.
Schauerlich sah das aus, wie Rüdiger vollkommen reglos dasaß und sich das Licht in den dunklen Gläsern seiner Sonnenbrille spiegelte. Wie in einem Gruselfilm, den Anton einmal gesehen hatte!
«So, und nun öffnest du die Augen und blickst ganz entspannt in das Licht», forderte Herr Schwartenfeger den kleinen Vampir auf. «Du bist ganz locker ... Ganz entspannt bist du ... und nun wandert dein Blick zum Licht ... Und du bleibst ruhig, ganz ruhig ...»
Der Kopf des Vampirs bewegte sich, aber durch die Spiegelungen in den Brillengläsern konnte Anton nicht erkennen, ob Rüdiger seine Augen wirklich geöffnet hatte. In diesem Augenblick klopfte es an die Tür.

Anton zuckte erschrocken zusammen. Und auch Herr Schwartenfeger machte ein bestürztes Gesicht.
Aber der Psychologe hatte sich rasch wieder gefangen, und in seinem bedächtigen Ton sagte er zu dem kleinen Vampir: «Bleib sitzen, Rudolf, bleib ganz ruhig und entspannt sitzen! Und nun machst du die Augen zu ... Du hast die Augen geschlossen und du bist ganz locker ... ja, so ... Und ich komme gleich wieder!» Auf seinen quietschenden Sohlen ging Herr Schwartenfeger zur Tür.
Dort sprach er – ziemlich erregt, wie es Anton schien – mit seiner Frau; denn wie Anton schon vermutet hatte, war sie es, die geklopft hatte.
Anton lauschte; aber er schnappte nur ein paar Brocken des Gesprächs auf: «Viel zu früh» hörte er Herrn Schwartenfeger sagen und «ausgerechnet im entscheidenden Moment».
Er musterte den kleinen Vampir, der reglos in dem Entspannungsstuhl saß. Ob Rüdiger die Augen geöffnet oder geschlossen hatte, war nicht zu erkennen. Während Anton ihn beobachtete, kehrte Herr Schwartenfeger zurück.
Der Psychologe blieb neben Anton stehen, legte ihm eine Hand auf die Schulter und sagte flüsternd: «Du wirst am Telefon verlangt, Anton.»
«Ich? Am Telefon?», wiederholte Anton.
«Aber es hat doch überhaupt nicht geläutet», sagte er und zeigte auf das Telefon, das auf dem Schreibtisch von Herrn Schwartenfeger stand.
«Psst, nicht so laut!», antwortete Herr Schwartenfeger und sah besorgt zu Rüdiger hinüber.
«Meine Frau hat das Gespräch in ihrem Büro angenommen», erklärte er dann leise.

«Ach, deshalb», murmelte Anton.
Mit einem unsicheren Blick auf den Vampir, der noch immer bewegungslos, das Gesicht dem Lichtapparat zugewandt, dasaß – fast so, als wäre er eingeschlafen –, verließ Anton das Sprechzimmer.
Frau Schwartenfeger erwartete ihn im Flur.
Ihr Haar war wie stets zu einem Knoten frisiert. Allerdings trug sie diesmal große, glitzernde Ohrringe und eine lange Perlenkette.
Sie nickte Anton freundlich zu und ging voraus – zu ihrem «Büro», das nicht mehr als ein schmaler, enger Raum neben der Eingangstür war.
«Der Anruf», sagte Anton mit rauer Stimme. «Wer ist es denn?»
Frau Schwartenfeger drehte sich zu ihm um, lächelte – und hüllte sich in Schweigen.
‹Bei so viel Geheimhaltung muss es wohl jemand ganz Besonderes sein!›, dachte Anton.
Aber wer? Niemandem, nicht einmal seinen Eltern, hatte Anton erzählt, dass er heute Abend in der Praxis von Herrn Schwartenfeger sein würde. Dann, auf einmal, kam ihm eine Idee: Anna!
Sie musste von Rüdiger erfahren haben, dass er eine Sitzung beim Psychologen hatte und dass Anton ihn begleiten würde.
Anton spürte, wie sich sein Herzschlag beschleunigte.
Bestimmt wollte Anna ihn zur Rede stellen – wegen seines Verhaltens auf der Faschingsparty bei Schnuppermaul! Dabei hatte Anton sogar versucht, ihr nachzulaufen. Allerdings war er von Rüdiger daran gehindert worden. Ob er sich trotzdem bei Anna entschuldigen sollte?
Frau Schwartenfeger öffnete die Tür zu ihrem Zimmer und nickte ihm zu. Zögernd, mit einem Gefühl des Unbehagens trat Anton ein.

Sein Blick wanderte zum Fenster. Dort hatte Igno von Rant gestanden – an jenem Abend, als Anton nur rasch hereingeschaut hatte, um sich einen neuen Termin geben zu lassen. Damals war der ganze Raum von einem scheußlichen Maiglöckchen-Duft erfüllt gewesen, in den sich – für Anton unverkennbar – leichter Modergeruch gemischt hatte. Allein der Gedanke an dieses zweite Zusammentreffen mit Igno von Rant ließ Anton frösteln.
«Mach es dir bequem, Anton!» Frau Schwartenfeger zeigte auf einen braunen, dick gepolsterten Sessel mit Armlehnen. Sie nahm am Schreibtisch Platz – auf einem harten Stuhl.
Anton musterte den Sessel. Er hätte schwören können, dass dieses gute alte Stück beim letzten Mal noch nicht hier gestanden hatte!
Gerade wollte Anton sich setzen – da fiel sein Blick auf das Telefon, und er erstarrte: Der Hörer lag nicht neben dem Apparat, sondern auf der Gabel!
Sprachlos sah er Frau Schwartenfeger an.
«Setz dich, Anton!», sagte sie; freundlich, aber bestimmt.
Verwirrt nahm Anton Platz.
«Das Telefon –», begann er. «Irgendjemand muss den Hörer aufgelegt haben ...»
‹Und jetzt wird Anna erst recht wütend auf mich sein!›, schoss es ihm durch den Kopf.
«Ich werde es dir erklären», antwortete Frau Schwartenfeger.
«Du kennst doch das Programm gegen Phobien, das mein Mann entwickelt hat!»
«J-ja.»
«An diesem Programm hat mein Mann viele Jahre gearbeitet», fuhr sie in ernstem, feierlichem Ton fort. «Und nun, nach so langer, entbehrungsreicher Zeit, steht er endlich an der Schwelle!»

Sie machte eine Pause.
«An der Schwelle?», wiederholte Anton, unsicher, was sie damit meinte.
«Ja! Denn bald wird sich erweisen, ob sein Programm wirklich funktioniert», sagte Frau Schwartenfeger. «Und du, Anton, wirst uns hoffentlich dabei helfen!»
Sie schwieg und lächelte Anton zu – unangebracht vertraulich, wie er fand. Er sah zum Telefon hinüber. «Der Anruf ... Ich meine, wer wollte mich denn sprechen?»
«Hör mir noch einen Moment zu!», sagte Frau Schwartenfeger, ohne auf seine Frage einzugehen.
«In dieser entscheidenden Phase, die nun begonnen hat», erklärte sie dann, «kommt es vor allem darauf an, dass mein Mann mit Rudolf unter den bestmöglichen Bedingungen arbeiten kann. Das verstehst du doch?»
Anton nickte.
«Ja, und deshalb sollte ich dich heute aus der Sitzung herausholen – damit du in meinem Zimmer das Ende der Stunde abwartest. Allerdings bin ich wohl etwas zu früh da gewesen ...» Sie räusperte sich.
«Übrigens –», fügte sie hinzu und holte aus einer Schublade zwei Comic-Hefte, eine Tafel Schokolade und eine Tüte mit Bonbons. «Das Warten soll dir auch versüßt werden.»
«Jetzt begreife ich langsam ...» Anton holte tief Luft. «Das mit dem Anruf, das war nur ein Trick!»
«Nein, so würde ich es nicht nennen», widersprach Frau Schwartenfeger. «Es ist ein notwendiger Schritt in der Therapie.»
«Ein Schritt in der Therapie?»
«Ja! Rudolf muss lernen, dass er das Programm ganz allein schaffen kann. Erst wenn er das erfahren hat, wird es zu einem tief greifenden und dauerhaften Erfolg in der Behandlung seiner Sonnen-Phobie kommen!»

Anton erwiderte nichts. Es empörte ihn, dass Herr Schwartenfeger und seine Frau zu einem solchen Trick – denn in seinen Augen blieb es ein Trick – gegriffen hatten!
Er sah zwar ein, dass es für den kleinen Vampir wichtig, vielleicht sogar überlebenswichtig war, selbständig und ohne seine Hilfe das Programm durchzustehen. Trotzdem ... bei der Vorstellung, dass Rüdiger jetzt im Sprechzimmer saß und vielleicht schon die Übungen mit dem Sonnenöl und dem gelben Trainingsanzug machte, fühlte Anton sich hereingelegt – und ausgeschlossen.
Frau Schwartenfeger schien ihm seine Enttäuschung anzusehen. «Ich kann mir gut vorstellen, was in dir vorgeht, Anton!», sagte sie. «Aber denk doch mal an Rudolf – und wie schön das Leben für ihn sein wird, wenn er erst seine Angst vor den Sonnenstrahlen überwunden hat!»
«Das Leben?» Anton grinste schwach.
«Wie verloren, wie trostlos muss sein bisheriges Dasein gewesen sein!», fuhr Frau Schwartenfeger gefühlvoll fort. «Fern vom Licht der Sonne, verurteilt zu ewiger Dunkelheit. Glaub mir: Wenn die Therapie gelingt, wird dir Rudolf sehr, sehr dankbar sein!»
«Dankbar? Mir?», sagte Anton zweifelnd.
«Bestimmt!» Frau Schwartenfeger nickte zuversichtlich.
Eine Pause entstand.
Anton blickte zur Tür. Es verlockte ihn, aufzustehen und einfach ins Sprechzimmer zurückzugehen. Immerhin war *er* es gewesen, der Herrn Schwartenfeger und den kleinen Vampir zusammengebracht hatte. Die Sonnencreme und das Sonnenöl hatte er sogar von seinem Taschengeld bezahlt! Und nun sollte er plötzlich unerwünscht und über-

flüssig sein ... «Persona non grappa» oder so ähnlich – jedenfalls war das ein beliebter Ausdruck seines Vaters.
«Möchtest du einen Bonbon?», hörte er die Stimme von Frau Schwartenfeger.
«Nein», knurrte er.
«Oder ein Stück Schokolade?» Sie raschelte mit der Packung.
«Nein danke, keinen Appetit!»
«Und lesen will ich auch nicht», kam er ihr zuvor und warf einen kurzen Blick auf die Comic-Hefte.
«Na schön!», tat Frau Schwartenfeger unbekümmert. «Dann bleiben wir hier sitzen und warten ab, bis Rudolf mit der Therapie fertig ist.» Sie sah auf ihre Uhr. «Allzu lange kann es ohnehin nicht mehr dauern.»
Anton gab keine Antwort. Er hatte auf einmal so ein komisches Gefühl. Konnte sein plötzlicher Ausschluss von der Therapie nicht auch ganz andere Gründe haben? Zum Beispiel, dass Herr Schwartenfeger sich einen für ihn gefährlichen Zeugen vom Hals schaffen wollte? Er horchte angestrengt, ob vielleicht Geräusche aus dem Sprechzimmer bis hierher drangen. Aber dann fiel ihm ein, wie stark die Tür zum Sprechzimmer gepolstert war.
Gepolstert ... Er betrachtete den braunen Sessel, auf dem er saß. War es nicht eigenartig, dass es im Zimmer des Psychologen nur einen äußerst unbequemen Stuhl für ihn gab, während ihn hier dieser gemütliche Stuhl erwartet hatte?
Das wirkte irgendwie so ... vorbereitet – als hätten Herr Schwartenfeger und seine Frau gemeinsam einen Plan ausgeheckt. Auch die Süßigkeiten und die Comic-Hefte sprachen dafür und bestärkten noch Antons Verdacht.
Er streifte Frau Schwartenfeger mit einem argwöhnischen Blick. Sie spielte mit ihrer Perlenkette und schien ganz in ihre Gedanken versunken zu sein.

Am liebsten wäre Anton aufgesprungen und hätte irgendetwas unternommen. Sich vorzustellen, dass im Sprechzimmer schreckliche Dinge mit dem kleinen Vampir passierten – und er, Anton, hockte hier tatenlos herum …
Doch was blieb ihm anderes übrig?
Wenn er ein Besorgnis erregendes Geräusch hören würde, ja, dann könnte er eingreifen!
Aber die Wohnung, das Haus – alles schien wie in einem Dornröschenschlaf zu liegen.
Und je länger Anton in diese unheimliche Stille hineinhorchte, desto unruhiger und nervöser wurde er. Als er schließlich im Flur Schritte vernahm, kam es ihm fast wie eine Erlösung vor.
Ohne zu überlegen, lief er zur Tür. Er riss sie auf – und stand dem kleinen Vampir gegenüber.

Blöde Bemerkungen

«Rüdiger», sagte er freudig – und stockte.
Der kleine Vampir trug noch immer seine Sonnenbrille und wirkte recht mitgenommen.
«Was ist mit deinen Augen?», fragte Anton erschrocken.
Der Vampir verzog missfällig den Mund; als sei ihm Antons Fürsorge peinlich.
«Nichts!», knurrte er.
«Nichts?», wiederholte Anton. «Und die Brille?»
«Die Sonnenbrille gefällt Rudolf so gut, dass er sie gar nicht mehr absetzen möchte!», sagte da Herr Schwartenfeger. Er ging ein paar Schritte hinter dem kleinen Vampir und machte ein sehr zufriedenes Gesicht.

«Ein riesiger Erfolg!», schwärmte er. «Ganz außergewöhnlich. Ich bin wirklich stolz auf Rudolf!»
Der Vampir grinste geschmeichelt.
«Hat denn alles geklappt?», fragte Anton.
«Ja, wunderbar», antwortete Herr Schwartenfeger. «Aber nun ist Rudolf sehr müde!»
«*Sehr* müde nicht», widersprach der kleine Vampir und lachte heiser. «Immerhin bin ich bekannt für meine starken Nerven. Es heißt, ich hätte Nerven wie Sargtaue!»
«Ach, tatsächlich?», sagte Anton spöttisch.
‹Nerven wie Sargtaue› – diesen Ausdruck hatte Lumpi gebraucht; aber nicht in Bezug auf Rüdiger, sondern in Bezug auf ihn, Anton!
«Du kannst es wohl nicht ertragen, wenn jemand über *mich* mal was Nettes sagt, wie?», zischte der kleine Vampir.
«Ha, ohne dich war die Sitzung tausendmal besser! Ich konnte mich richtig gut konzentrieren, keiner hat mit mir rumgestritten oder mich durch blöde Bemerkungen abgelenkt.»
Er schnaubte geräuschvoll, wie um seine Worte zu unterstreichen. «Und damit du's weißt», fuhr er mit erhobener Stimme fort. «In Zukunft werde ich ganz auf deine Begleitung verzichten, Anton Bohnsack! Das nächste Mal werde ich allein zu Herrn Schwartenfeger gehen, jawohl!» Damit drehte er sich um und verschwand im Hausflur.
«Warte, Rudolf!», sagte Herr Schwartenfeger und beeilte sich, ihm zu folgen.
Langsam und innerlich vor Wut kochend ging Anton hinter den beiden her. Wie ein Trottel kam er sich vor ... *Er* machte sich Gedanken und Sorgen um den kleinen Vampir, er wollte ihm helfen, ihm beistehen in der Gefahr ... Und was tat der Vampir?
Sobald sich ihm die Gelegenheit bot, ließ er Anton fallen

und kümmerte sich kein bisschen mehr um ihn. Undankbar und treulos war der kleine Vampir – jemand, der ausschließlich an seinen eigenen Vorteil dachte!
Als Anton die Haustür erreichte, wunderte es ihn kaum mehr, dass er dort nur Herrn Schwartenfeger antraf.
Der Psychologe war ganz offensichtlich in Hochstimmung. Mit einem breiten Lächeln wandte er sich Anton zu und erklärte bewegt: «Das war eine ganz außerordentliche Sitzung, die zu großen Hoffnungen Anlass gibt!»
«Tatsächlich?», sagte Anton nur.
Ihm stand der Sinn nicht danach, sich anhören zu müssen, wie Herr Schwartenfeger ein Loblied auf den kleinen Vampir anstimmte!
«Und ich bin jetzt wohl abgemeldet», bemerkte er.
«Abgemeldet?», wiederholte Herr Schwartenfeger in gespielter Entrüstung. «Aber nein! Du bist in gewissem Sinne sogar die Hauptperson!»
«Ich?» Anton lachte trocken.
Den Spruch mit der ‹Hauptperson› hatte er auch schon mal gehört – bei seinem allerersten Besuch in der Praxis des Psychologen. Damals war der Ausdruck vielleicht zutreffend gewesen. Heute aber empfand Anton ihn eher als kläglichen Versuch, ihn über seinen Ärger und seine Enttäuschung hinwegzutrösten.
«Gute Nacht», sagte er und marschierte los.
«Anton, du hast deine Tüte vergessen!», hörte er die Stimme von Herrn Schwartenfeger.
Doch Anton gab keine Antwort. Was interessierten ihn jetzt noch das Sonnenöl, die gelben Socken, das Stirnband! Ohne sich einmal umzudrehen, betrat er den schmalen dunklen Weg. Im Schutz der Büsche breitete er seine Arme unter dem Umhang aus, bewegte sie kräftig auf und ab – und flog.

Die Anton-Stunde

Ziemlich erschöpft landete Anton auf dem gemauerten Sims vor seinem Fenster. In der Wohnung war alles dunkel gewesen, das hatte er bereits beim Heranfliegen festgestellt. Wenigstens der Ärger mit seinen Eltern blieb ihm heute Abend erspart!
Er hatte zwar die Zimmertür von innen abgeschlossen; aber seine Mutter weigerte sich einfach, das Abschließen der Tür als Antons Recht auf ein «ungestörtes Privatleben» anzuerkennen – obwohl er sich in diesem Punkt sogar auf Herrn Schwartenfeger berufen konnte. Doch sie sprach von «mangelndem Vertrauen» und «Heimlichtuerei».
Aber «Heimlichtuerei» gehörte nun einmal dazu, wenn man mit einem Vampir befreundet war!
Befreundet … Anton presste die Lippen aufeinander.
Nein, nach dem Verlauf des heutigen Abends war er keineswegs sicher, ob er den kleinen Vampir noch als seinen Freund ansehen sollte! Er drückte das Fenster nach innen auf und ließ sich vom Fensterbrett ins Zimmer gleiten.
Als Antons Fußspitzen den Boden berührten, begann plötzlich Musik zu spielen: «Jeden Morgen geht die Sonne auf»; das Lied aus der Spieldose.
«Rüdiger!», rief er freudig aus.
Offenbar hatte der kleine Vampir eingesehen, dass er sich beim Abschied ganz schön eklig benommen hatte. Er würde sich zwar nicht entschuldigen – denn das tat er nie –, aber auf seine Art wollte er bestimmt wieder gutmachen, was eben passiert war! Doch seltsamerweise sagte der kleine Vampir gar nichts … Nur das helle, blechern tönende Lied erklang.
Anton kniff die Augen zusammen. Der Vampir saß auf dem

Bett und hatte sich seinen schwarzen Umhang über den Kopf gezogen.
«Rüdiger?», sagte Anton noch einmal, nun etwas vorsichtiger.
«Nein!», kam die Antwort – sehr schroff.
Und plötzlich begriff Anton: «Anna!», rief er.
Die Nachttischlampe wurde eingeschaltet, und Anton sah Anna, die sich mit trotziger Miene den Umhang zurückstreifte.
«Ich ... ich dachte, es wäre Rüdiger», stotterte Anton; etwas Besseres fiel ihm nicht ein.
«Das habe ich gemerkt!», gab Anna bärbeißig zurück.
«Ich ... die Musik», Anton schluckte.
In seiner Verlegenheit zog er den Vampirumhang aus und hängte ihn über den Schreibtischstuhl.

«Weißt du, die Spieldose ... Ich dachte, sie gehört Rüdiger.»
«Tut sie ja auch», erwiderte Anna. «Aber ich hab sie mir ausgeliehen.»
«Ausgeliehen?», wiederholte Anton – froh, dass Anna nicht mehr ganz so grimmig wirkte.
«Ja», sagte sie.
«Und ich hab mir auch einen Text zu der Musik ausgedacht!», fuhr sie lebhaft fort.
Doch dann, von einem Augenblick zum anderen, nahm ihr Gesicht wieder einen misstrauischen Ausdruck an. «Aber wenn du immer nur an Rüdiger denkst, willst du meinen Text bestimmt nicht hören!»
«Oh doch», versicherte Anton und fügte hinzu: «Rüdiger und ich, wir sind nicht mehr befreundet – jedenfalls nicht mehr richtig.»
«Ach, wirklich?» Diese Neuigkeit schien Anna zu gefallen, denn sie kicherte vergnügt und meinte: «Also gut, es geht los!»
Sie zog die Spieldose auf und begann zu singen:

«Jeden Abend steht die Anna auf
in des Friedhofs schauerlicher Runde,
und die schöne, scheue Anton-Stunde,
jeden Abend nimmt sie ihren Lauf.»

«Nun? Wie fandest du meinen Text?», fragte sie erwartungsvoll.
«Ich –» Anton räusperte sich.
«*Jeden* Abend ist wohl etwas übertrieben», meinte er, um überhaupt etwas zu sagen. «Wir haben uns seit mindestens zwei Wochen nicht mehr gesehen.»
«Allerdings!», bestätigte Anna und zupfte an ihren Haaren,

die erstaunlich gepflegt aussahen. Sie musste sehr viel Mühe aufgewandt haben, um sie so glatt und glänzend zu bekommen!
«Ich war ja auch wütend auf dich», erklärte sie.
«Du warst?», wiederholte Anton mit Herzklopfen.
Sie errötete. «Ich *bin* wütend auf dich», verbesserte sie sich rasch. «Weil du es zugelassen hast, dass sie über mich gelacht haben – Lumpi, Rüdiger und Schnuppermaul! Außerdem hast du tatenlos zugeguckt, als ich weggerannt bin.»
«Nein, das ist nicht wahr!», widersprach Anton. «Ich bin sogar hinter dir hergelaufen.»
«Du?»
«Ja! Aber Rüdiger hat mich am Umhang gepackt und gesagt, du würdest mir die Augen auskratzen, wenn ich versuchen würde, dich einzuholen.»
«Das hat er gesagt?», rief Anna erbost. «Ich würde *dir* die Augen auskratzen?»
Aufs Neue wechselte ihr Gesichtsausdruck, und sehr sanft meinte sie: «Dir würde ich nie auch nur die kleinste Schramme beibringen!»
Nun wurde auch Anton rot.
Sie sah mit einem langen Blick auf seinen Hals.
«Nicht die allerkleinste Schramme!», fügte sie mit einem bedauernden Lächeln hinzu.

Die Anstandsdame

«Aber wenn ich gewusst hätte, dass du hinter mir herlaufen wolltest», fuhr sie mit ihrer normalen, etwas heiseren Stimme fort, «dann wäre ich natürlich schon viel früher gekommen! Obwohl –» Sie blickte zum Fenster. «In der letzten Zeit war reichlich viel Durcheinander bei uns.»

«Was denn?»

«Hat Rüdiger dir nicht erzählt, dass seine – bah! – Olga zurückkommt?», erwiderte Anna.

«Wie – es ist gar kein Gerücht?», murmelte Anton betroffen.

Anna seufzte. «Leider nein!»

«Aber diesen Nachtragenden, Richard den Nachtragenden ... den gibt es doch nicht in Wirklichkeit, oder?», fragte Anton verwirrt.

«Und ob es ihn gibt!», antwortete Anna, und in ihrer Stimme schwang Stolz mit. «Er hält die Verbindung unter den verschiedenen, über ganz Europa verstreuten Vampirsippen aufrecht.»

Anton war blass geworden. «Und ich dachte, die Sache mit Olgas Rückkehr wäre nur ein Gerücht – ein Gerücht, das Lumpi in die Welt gesetzt hätte, um Rüdiger zu ärgern ...»

Anna schüttelte den Kopf. «So, wie es aussieht, wird Olga in vier bis fünf Wochen hier eintreffen.»

«Oh nein!», entfuhr es Anton.

«Ja, das kannst du laut sagen!», stimmte Anna ihm zu.

«Und dann noch dieser neue Verehrer ...», fuhr sie düster fort.

Anton horchte auf. «Der von Tante Dorothee?»

«Ach, du weißt von ihm?»

«Ja, Rüdiger hat es mir gesagt.»

«Ein grässlicher Langweiler ist das!», schimpfte Anna. «Und *ich* muss fast jede Nacht mitgehen und mir anhören, wie er bei Tante Dorothee sein süßes Holz raspelt!»

«*Du* musst mitgehen?»

«Ja, als Anstandsdame!»

«Als was?»

«Kennst du den Ausdruck nicht?» Anna kicherte. «Eine Anstandsdame ist eine Aufpasserin, die über Sitte und Anstand wachen soll.»
«Worüber soll sie wachen?»
«Na, darüber, dass Tante Dorothee eine ehrbare Witwe bleibt», erklärte Anna und lachte hinter vorgehaltener Hand.
Dann, wieder ernst geworden, fuhr sie fort: «Wenn du wüsstest, wie öde es ist, Anstandsdame zu sein! Nacht für Nacht sitzen die beiden auf der Parkbank und gurren und schnäbeln – wie die Tauben! Und anschließend gehen sie stundenlang spazieren. Stell dir vor, Anton: zwei Vampire, die immer nur spazieren *gehen*!» Anna fasste sich an die Stirn und stöhnte.
«Zum Glück ist in den nächsten zwei Nächten Lumpi dran – Dracula sei Dank!»
«Auch als Anstandsdame?», fragte Anton.
«Nicht unbedingt als – Dame», erwiderte Anna.
Sie lachte; so laut, dass Anton unwillkürlich zur Tür blickte. Dabei waren sie ganz allein in der Wohnung!

Der eigentliche Grund

«Aber wir haben noch gar nicht über den eigentlichen Grund gesprochen, weshalb ich hier bin», sagte Anna jetzt und schaute Anton zärtlich an.
«Über den eigentlichen Grund?», wiederholte Anton.
Gerade war er so weit gewesen, dass er sich nach dem Namen des Verehrers erkundigen wollte. Doch nun würde ihm Anna bestimmt vorwerfen, dass er kein Interesse hätte, den

Grund ihres Herkommens zu erfahren, und so verschob er die Frage auf später.

Anna schaute ihn aus großen, glänzenden Augen an. «Es geht um das Programm!»

«Um das Programm?»

«Ja! Rüdiger hat mir so viel davon erzählt», erklärte sie, verbesserte sich aber gleich darauf: «Nein, *so* viel auch nicht – du kennst ihn ja! Jedenfalls, seine ... seine Andeutungen haben sehr viel versprechend geklungen. Und jetzt überlege ich, ob ich das Programm nicht vielleicht *doch* machen möchte!»

«Tatsächlich?»

«Na ja, meine Eckzähne ... sie wachsen immer noch –» Anna lachte verlegen. «Dabei habe ich mich so angestrengt, damit sie nicht länger werden!»

«Aber Willenskraft allein reicht eben nicht aus», erklärte sie nach einer Pause und seufzte traurig. «Niemand kommt gegen seine Natur an, sagt meine Großmutter, Sabine die Schreckliche. Sie ist übrigens ganz glücklich über meine Zähne.»

Anna kicherte verschämt:

«Aber so einfach, wie meine Großmutter glaubt, ist das mit der Natur leider nicht!», sagte sie dann. «Immerhin ist es auch meine Natur, die mich zu *dir* hinzieht und gegen die ich genauso wenig ankomme! Und da du nun mal kein Vampir werden willst ...»

«N-nein!», erwiderte Anton hastig.

«Also, deshalb hab ich mir gedacht: Wenn du nicht so werden willst wie ich, sollte ich vielleicht versuchen, so zu werden wie du!»

«Du – wie ich?», fragte Anton überrascht.

«Ja, durch das Programm! Falls es wirkt, könnten wir viel öfter zusammen sein, wir würden gemeinsam zur Schule ge-

hen; ach, tausend Dinge könnten wir tun! Und Rüdiger sagt, das Programm würde wahre Wunder vollbringen.»
«Herr Schwartenfeger, der Psychologe, sagt das», erwiderte Anton, den Annas gefühlvolle Worte eigenartig berührt hatten.
«Umso besser», meinte Anna. «Dann ist es doch unbedingt einen Versuch wert, findest du nicht?»
Sie sah ihn Rat suchend an.
Anton nickte. «Ja!»
«Und diesen Versuch möchte ich wagen – wenn du mir dabei hilfst», erklärte Anna.
«Ich?»
«Ja! Indem du mir alles über das Programm erzählst!»
«Ich kann dir aber nur das sagen, was *ich* weiß», entgegnete Anton.
Anna lächelte. «Ja, alles, was *du* weißt!»
Anton hustete ein paar Mal.
Verlegen setzte er sich zu Anna aufs Bett, und mit rauer Stimme begann er zu erzählen: von dem Sonnenöl, der Sonnencreme, den gelben Kleidungsstücken, der Sonnenbrille, dem Lichtapparat, dem Entspannungsstuhl. Und er wiederholte für Anna – so gut er das konnte – ein paar der Entspannungsübungen von Herrn Schwartenfeger.
Je weiter er kam, desto aufgeregter wurde Anna.
«Aber das hört sich ja wunderbar an!», rief sie, als Anton geendet hatte. «Glaubst du, ich könnte auch mal so eine Probestunde machen?»
«Bestimmt!», sagte Anton.
«Aber lieber würde ich am Anfang nur zuschauen», meinte Anna nach kurzem Überlegen. «Glaubst du, das wäre möglich?»
«Hm –» Anton zögerte. «Ich müsste Herrn Schwartenfeger fragen.»

Auf einmal fiel ihm etwas ein: «Am nächsten Samstag, wenn Rüdiger wieder seine Therapiestunde hat, dann könnten wir – du und ich – zu Herrn Schwartenfeger fliegen und erst mal von außen zugucken.»
«Wie – von außen?»
«Wir könnten durchs Fenster gucken!»
«Ach, durchs Fenster», sagte Anna, und jetzt kicherte sie. «Oh ja, das machen wir!»
In ihrer Freude umarmte sie Anton und gab ihm einen Kuss; einen Hauch von einem Kuss.
Noch immer kichernd, stand sie auf. «Ich muss fliegen!»
«Schon?»
«Ja, ich muss nachsehen, ob Lumpi auch wirklich seinen Dienst tut.»
Sie warf Anton noch einen innigen Blick zu.
«Bis Samstag!», sagte sie.

Vorsichtig berührte Anton seine Wange, aber Annas Lippen hatten keine Spur hinterlassen; nicht die «allerkleinste Schramme»!

Ohne Vampire wäre das Leben langweilig

Am nächsten Samstag landete Anna kurz nach neun auf Antons Fenstersims.
«Guten Abend, Anton!», sagte sie mit einem zärtlichen Lächeln.
Sie trug wieder ihr dunkelrotes Stirnband und wirkte – für Vampir-Verhältnisse – erstaunlich gepflegt.
«Hallo, Anna», antwortete er mit rauer Stimme.
«Bist du fertig?», fragte sie.
Anton nickte. Er streifte sich den Vampirumhang über, den er schon bereitgelegt hatte, und kletterte aufs Fensterbrett.
Draußen in der Luft fragte Anna flüsternd: «Kennst du die Strecke, die wir fliegen müssen?»
«Ja», antwortete er.
Das helle Mondlicht fiel auf ihr Gesicht und ließ ihre großen Augen schimmern. Richtig süß sah sie aus ...
Anton wandte rasch den Blick ab. Er fürchtete, dass er vergessen würde, die Arme auf und ab zu bewegen, falls er Anna noch länger anschaute.
«Ist es nicht eine wunderschöne Nacht?», hörte er sie fragen. «Wie geschaffen zum Mondscheinbaden!»
«B-baden?», sagte Anton. «Aber wir wollten doch zu Herrn Schwartenfeger!»
«Ja», sagte Anna sanft. «Es war auch nur eine Idee, das mit

dem Mondscheinbaden. Und ohne Ideen wäre das Leben langweilig, findest du nicht?»

«Doch», bestätigte Anton. ‹Aber noch langweiliger wäre es ohne Vampire!›, fügte er in Gedanken hinzu.

Obwohl ... «Leben» war, bezogen auf Anna und Rüdiger, nicht unbedingt der passende Ausdruck; selbst wenn Anna alles daransetzte, um sich ihm, Anton, anzugleichen.

Nach einer Weile verlangsamte Anton seinen Flug.

«Wir sind da!», sagte er, und unwillkürlich flüsterte er. «Siehst du das große Haus mit den Büschen davor? Im Erdgeschoss hat Herr Schwartenfeger seine Praxis.»

«Im Erdgeschoss?», wiederholte Anna. «Schade!»

«Wieso schade?», fragte Anton.

«Dann brauchen wir unsere Umhänge nicht!», meinte sie und machte ein enttäuschtes Gesicht.

«Aber wir brauchen sie für den Rückflug», erwiderte Anton. «Sonst müssten wir stundenlang im Bus sitzen.»

«Ich würde gern stundenlang neben dir im Bus sitzen – nein, eine Ewigkeit lang!», sagte Anna.

Anton gab keine Antwort.

Er steuerte den Vorgarten an und landete hinter den Rosenbüschen. Anna folgte ihm.

«Und wo ist nun Rüdiger?», fragte sie leise.

Anton musterte die Fensterfront.

Rechts vom Eingang waren sechs Fenster zu erkennen, die, so vermutete er, alle zu der Praxis von Herrn Schwartenfeger gehörten. Die ersten vier waren dunkel, nur hinter den beiden letzten erkannte Anton Licht.

Er versuchte sich zu erinnern, wie viele Fenster das Sprechzimmer des Psychologen hatte. Er glaubte, dass es zwei waren ...

«Die letzten beiden», sagte er flüsternd. «Das muss das Sprechzimmer sein.»

«Zum Glück hat er keine Rollos, der Psychologe», bemerkte Anna. «Nur solche dicken Tüllgardinen – brr!»
«Magst du keinen Tüll?», fragte Anton verwundert.
Er dachte daran, wie begeistert Anna von dem alten, schon ziemlich zerlumpten Spitzenkleid gewesen war, das sie in der Ruine im Jammertal gefunden hatten.
«Doch», sagte Anna. «Aber bei Gardinen ist es die reinste Verschwendung.» – «Nein, Gardinen selbst sind Verschwendung!», verbesserte sie sich gleich darauf. «Für uns wäre es jedenfalls eine große Erleichterung, wenn die Menschen weder Vorhänge noch Rollos noch Tüllgardinen hätten!»
Jetzt kicherte sie.
«Aber Tüllgardinen sind durchsichtig», sagte Anton und fügte hinzu: «Übrigens, wenn es wirklich das Sprechzimmer sein sollte, haben wir riesiges Glück!»
«Wieso?»
«Na, weil unter den Fenstern gemauerte Vorsprünge sind. Auf denen können wir sitzen und ganz bequem ins Zimmer spähen.»
«Ja, stimmt.» Anna breitete ihren Umhang aus, machte ein paar Bewegungen mit den Armen und landete vor dem linken der beiden erleuchteten Fenster.
Anton flog hinterher und ließ sich auf dem rechten Fenstersims nieder.
«Wie maßgeschneidert, Nein – maßgemauert für uns!», sagte Anna.
Anton warf einen raschen Blick zur Straße hinüber. Aber die Fenster lagen im Schatten einer hohen Tanne, sodass nur jemand, der gezielt nach ihnen Ausschau hielt, sie hier entdecken würde.

«Ich sehe Rüdiger», flüsterte Anna aufgeregt. «Aber er liegt, und er hat die Augen geschlossen. Glaubst du, er ist in Ohnmacht gefallen?»

«In Ohnmacht gefallen?», wiederholte Anton. «Ich vermute, das ist eine dieser Entspannungsübungen.»

«Wieso vermutest du das? Ich dachte, du *wüsstest,* was Rüdiger da macht!»,

«Nein». Anton grinste. «Herr Schwartenfeger versperrt mir die Sicht mit seinem breiten Kreuz.»

«Dann komm doch zu mir rüber!»

«Ist es nicht zu eng für zwei?»

«Zu eng?» Anna lächelte. «Mit dir wird es mir nie eng genug sein!»

«Wenn du meinst ...», sagte Anton verlegen und sprang zu ihr hinüber.

Nun konnte Anton unter Annas Rosenparfüm «Mufti Ewige Liebe» den schwachen Modergeruch wahrnehmen, den sie ausströmte.

Nie eng genug ... auch wenn Anna das netteste Mädchen war, das ihm je begegnet war, so blieb sie doch ein Vampir, und ihr Wunsch nach größerer Nähe und Innigkeit würde wohl nie in Erfüllung gehen. Als hätte Anna seine Gedanken erraten, schaute sie ihn an und lächelte zärtlich. Hastig wandte Anton den Blick ab.

Er sah den Entspannungsstuhl, in dem der kleine Vampir, offenbar vollkommen ruhig und gelöst, lang ausgestreckt lag.

«Ist es nicht unheimlich?», sagte Anna leise. «Was dieser Psychologe alles mit ihm anstellen könnte! Und Rüdiger ist ihm hilflos ausgeliefert ...»

«Aber Herr Schwartenfeger will doch nur sein Programm

an Rüdiger ausprobieren», versuchte Anton sie zu beruhigen. «Im Prinzip interessiert er sich überhaupt nicht für Vampire. Er wollte euch nur deshalb kennen lernen, weil ihr diese starken Ängste vor den Sonnenstrahlen habt, diese Sonnen-Phobie. Herr Schwartenfeger würde Rüdiger nie etwas tun – und dir natürlich auch nicht.»

«Meinst du?», sagte Anna unsicher.

«Ja!», versicherte Anton – obwohl ihm auch unbehaglich zumute war, als er den kleinen Vampir so durch die Scheibe beobachtete; ohne die Möglichkeit, im Ernstfall einzugreifen. Andererseits war es Rüdigers eigene Entscheidung gewesen, ihn, Anton, von den weiteren Sitzungen auszuschließen!

«Wozu soll das Liegen denn gut sein?», fragte Anna. «Rüdiger war doch den ganzen Tag im Sarg!»

«Wahrscheinlich spricht Herr Schwartenfeger mit ihm», sagte Anton. «Oder er liest ihm etwas vor.»

«Er liest ihm vor? Und das soll helfen?»

«Vielleicht ist es eine Geschichte über die Sonne!»

«Über die Sonne?» Anna lachte spöttisch. «Dann würde Rüdiger garantiert nicht so ruhig daliegen.»

«Vielleicht doch!», erwiderte Anton. «Das ist ja gerade das Besondere an dem Training. Dabei wirst du nach und nach mit Dingen zusammengebracht, die dir Angst bereiten. Aber weil du dann ganz entspannt bist, machen sie dir plötzlich keine Angst mehr.»

«Ach so –» Anna atmete ein paar Mal hörbar ein und aus. «Und was passiert nun?» fragte sie.

Herr Schwartenfeger hatte sich aus seinem Drehstuhl erhoben. Mit einer auffordernden Geste hielt er dem kleinen Vampir, der seine Augen wieder geöffnet hatte, das gelbe Stirnband und die gelben Socken hin.

«Ich schätze, Rüdiger soll sich hübsch machen», antwortete Anton.

«Sich hübsch machen?»
«Ja!»
Gerade streifte der kleine Vampir das Stirnband über seine wilde Haarmähne.
Dabei schnitt er eine fürchterliche Grimasse. Aber wild entschlossen rückte er sich das Stirnband noch tiefer in die Stirn und zupfte ein paar Strähnen darunter hervor.
«Igitt!», sagte Anna verächtlich. «Kein Vampir sollte Gelb tragen.»
«Aber es ist doch wegen der Sonnen-Phobie», entgegnete Anton und gab ihr insgeheim Recht: Zu der kalkweißen Haut des kleinen Vampirs und zu seinen dunklen Augenrändern sah das gelbe Stirnband in der Tat abscheulich aus – ganz im Gegensatz zu Annas dunkel*rotem* Band!
«Glaubst du, dass ich auch so ein gelbes Stirnband tragen muss, wenn ich die Therapie mache?», erkundigte sich Anna.
Anton nickte – angestrengt bemüht, nicht zu lachen, denn der kleine Vampir hatte begonnen, sich auszuziehen: zuerst seine eigenartigen schwarzen Stoffschuhe – und danach die Wollstrumpfhose, nein, die Strumpfhosen; es schienen zwei zu sein.
«Guck nicht hin!», sagte da Anna.
«Wieso nicht?», fragte Anton verblüfft.
«Weil ich nicht will, dass du die schäbigen Sachen siehst, in denen wir rumlaufen müssen!», erklärte sie.
«Aber daran denke ich doch gar nicht», erwiderte Anton. «Es ist nur wegen der Therapie – und weil ich wissen muss, wie es mit dem Programm weitergeht.»
«Trotzdem!», antwortete Anna. «Ich werde dir sagen, wann du wieder gucken kannst.»
Anton drehte den Kopf weg. Während sein Blick zur Straße wanderte, stellte er sich vor, wie der Geruch wohl sein

würde, der von Rüdigers Füßen und seinen uralten, löchrigen Strumpfhosen ausging.
Wie gut, dass die dicken Glasscheiben dazwischen waren!, dachte er; sie dämpften Geräusche und ... Gerüche!
«So, du darfst wieder gucken!», hörte er Annas Stimme.
Anton drehte sich um – und um ein Haar hätte er laut aufgeschrien: Mit bloßen, erschreckend weißen Beinen lag der kleine Vampir auf dem Entspannungsstuhl. Seine Füße steckten in den gelben Wollsocken, die allerdings mindestens eine Nummer zu groß waren.
Und dazu noch das gelbe Stirnband ... Es war ein Anblick, der Anton schaudern ließ und ihn gleichzeitig zum Lachen reizte.
«Und das nennst du hübsch machen!», sagte Anna.
«Aber es wirkt», entgegnete Anton. «Rüdiger macht ein ganz zufriedenes Gesicht!»

Liebesblindheit

«Ja, zufrieden sieht er aus», gab Anna ihm Recht.
Der kleine Vampir hatte die Augen wieder geschlossen und schien zu träumen.
«Wahrscheinlich denkt er an Olga», meinte Anton grinsend.
«Sprich nicht von Olga», zischte Anna. «Schlimm genug, dass sie bald hier sein wird!»
«Wisst ihr schon, wann?», fragte Anton.
«Es heißt, in vier bis fünf Wochen», sagte Anna unfreundlich. «Aber selbst wenn sie erst in acht Wochen hier aufkreuzt, wird es, wenn du *mich* fragst, immer noch viel zu früh sein.»

‹Hoffentlich sind es acht Wochen!›, dachte Anton. ‹Oder noch besser: zwölf!›
Nur dann würde der kleine Vampir genügend Zeit haben, die Übungen von Herrn Schwartenfeger so oft zu wiederholen, bis er sie wirklich beherrschte! Sollte Olga jedoch schon sehr bald zurückkommen, würde Rüdiger sich aus lauter Liebesblindheit vielleicht voreilig den Sonnenstrahlen aussetzen ... Bei dieser Überlegung überlief es Anton eiskalt.
Liebesblindheit – wie auf ein Stichwort hin schob jetzt Herr Schwartenfeger den Wagen mit dem Lichtapparat an den Entspannungsstuhl heran, während der kleine Vampir mit einer umständlichen Bewegung die Sonnenbrille aufsetzte.
Und dann, bevor Anton Anna hatte warnen können, leuchteten die Lichtröhren auf.
«Iiihhh! Was ist das?», rief Anna schrill und hielt sich die Hände vor die Augen.
«Das ist der Lichtapparat», erklärte Anton betreten.
Anna blinzelte. «Und wozu braucht man dieses schreckliche grelle Licht?»
«Rüdiger muss eine Zeit lang hineinsehen – durch die Sonnenbrille natürlich –, damit sich seine Augen an helleres Licht gewöhnen.»
«Aber *ich* habe keine Sonnenbrille!», rief Anna.
«Du wirst eine bekommen, wenn du die Therapie machst», versicherte Anton.
«Und jetzt?», sagte Anna. Vor Erregung zitterte ihre Stimme. «Jetzt habe ich das Licht auch gesehen, durch die Scheibe – aber meine Augen waren völlig ungeschützt!»
Sie schluchzte.
Anton spürte ein Schuldgefühl.
Dass Anna ebenfalls gefährdet war – daran hatte er überhaupt nicht gedacht!

«Weißt du nicht mehr, wie damals das Unglück mit dem Foto passiert ist?», fragte Anna mit weinerlicher Stimme.
«Doch.» Anton konnte sich noch sehr gut erinnern, wie in der transsylvanischen Nacht überraschend seine Eltern zurückgekommen waren – und wie sein Vater auf die verhängnisvolle Idee gekommen war, ein Foto von Anna und Anton zu schießen.
Durch das grelle Blitzlicht hatte Anna noch Wochen später unter schrecklichen Kopfschmerzen und Sehstörungen zu leiden gehabt.
«Aber *so* stark wie damals ist das Licht aus dem Apparat nicht», versuchte Anton ihr Mut zu machen.
Als Anna nicht antwortete, fragte er besorgt: «Tun deine Augen schon weh?»
«Ich weiß nicht», murmelte sie. Sie bewegte ihre Augenlider auf und ab.
«Nein», sagte sie. «Es scheint alles in Ordnung zu sein ...»
«Und *dich* kann ich auch noch ganz deutlich sehen!», fügte sie hinzu. Bei diesen Worten belebte sich ihre Stimme wieder, und sie lächelte.

Du bist anders

«Ich – ich hätte dich vor dem Lichtapparat warnen sollen», bemerkte Anton kleinlaut. «Aber ich hab einfach nicht dran gedacht –» Er hustete verlegen. «Tut mir Leid!»
Anna hatte ihren Kopf gesenkt.
«Guckt Rüdiger immer noch in das Licht?», fragte sie leise.
Es klang, als wäre sie fast wieder versöhnt!, dachte Anton.

Er blickte ins Zimmer. «Ja, Rüdiger sitzt noch genauso da wie eben.»
«Und Herr Schwartenfeger?»
«Der redet mit ihm.»
«Das ist alles?»
«Ich glaube, jetzt will Herr Schwartenfeger den Lichtapparat ausschalten.»
«Ausschalten?» Anna seufzte. «Hoffentlich!»
«Ich könnte dir auch eine Sonnenbrille kaufen», schlug Anton vor.
«Mir?» Anna fuhr sich mit der Hand über die Augen. «Nun ist es sowieso zu spät.»
«Nein, für den nächsten Samstag», erwiderte Anton. «Falls wir dann auch herkommen und Herr Schwartenfeger wieder mit dem Lichtapparat arbeitet.»
«Ach so –», sagte Anna. Sie schielte vorsichtig zu Anton hinüber, und mit einem koketten Lächeln meinte sie: «Ja, wenn du das wirklich tun willst und wenn dir dein Geld dafür nicht zu schade ist.»
«Zu schade soll mir mein Geld sein – für dich?», sagte Anton entrüstet. «Bestimmt nicht! Das wäre es nur für Rüdiger.»
«Für Rüdiger?», fragte Anna überrascht.
«Ja!» In diesem Augenblick erlosch das helle Licht. Anton kniff die Augen zusammen.
Flüsternd erklärte er: «Ich hab dir doch gesagt, dass wir keine Freunde mehr sind, Rüdiger und ich; jedenfalls keine richtigen mehr.»
«Ja, ich weiß», antwortete Anna, ebenfalls flüsternd. «Weil er dich von den Therapiestunden ausgeschlossen hat!»
«Und weil er mich immer nur ausnutzt», ergänzte Anton.
Drinnen im Sprechzimmer hatte der kleine Vampir mit neuen Entspannungsübungen begonnen. Anton sah, wie er die Schultern hochzog und wieder fallen ließ.

«*Ich* soll mein Taschengeld für ihn ausgeben», sagte Anton grimmig, «und Rüdiger denkt nur an sich. Er ist ein richtiger Egoist!»

«Das stimmt», meinte Anna.

Nach einer Pause fügte sie sanft hinzu: «Aber es liegt auch in unserer Natur.»

«In eurer Natur?»

«Na ja ...» Sie hüstelte verlegen. «Keiner von uns könnte überleben, wenn er nicht zuallererst an sich selbst denken würde.»

«Aber du bist anders!», erwiderte Anton.

«Ja, noch.» Anna kicherte verschämt. «Nur – es könnte sein, dass ich auch mal so wie Rüdiger werde!»

«Du?»

«Hm, ja – wenn ich Vampirzähne kriege und ein richtiger Vampir werden muss ...»

Anton spürte, wie er eine Gänsehaut bekam. Unwillkürlich rückte er ein Stückchen von Anna ab.

«Aber gerade deshalb will ich ja das Programm bei Herrn Schwartenfeger machen», versicherte Anna rasch. «Damit es noch sehr, sehr lange dauert!»

Sie sah Anton zärtlich an. «Oder hast du deine Meinung inzwischen geändert?»

Anton wusste, worauf sie anspielte: auf seine Weigerung, Vampir zu werden. «An meiner Meinung wird sich nie etwas ändern!», erklärte er mit fester Stimme.

Ein Schatten huschte über ihr Gesicht.

«Niemals?»

«Nein!»

«Aber eins wird sich auch niemals ändern», sagte Anna, und nun lachte sie verschmitzt. «Dass ich dich immer wieder danach fragen werde!»

Sie wandte sich dem Sprechzimmer zu, und mit veränderter, besorgter Stimme fragte sie: «Muss Rüdiger jetzt essen?»
Anton, der zuletzt mehr auf Anna als auf die Vorgänge im Zimmer des Psychologen geachtet hatte, erschrak.
Herr Schwartenfeger hatte dem kleinen Vampir ein Tablett gegeben, auf dem ein großer gelber Klumpen lag.
«Essen?», sagte Anton zweifelnd. Nein, genießbar schien die merkwürdige gelbe Masse nicht zu sein.
Oder doch? Er sah, wie sich der kleine Vampir den geheimnisvollen Klumpen unter die Nase hielt und daran roch. Dann sagte er ein paar Worte zu Herrn Schwartenfeger, die Anton nicht verstehen konnte, und begann, die gelbe Masse zwischen seinen Händen zu einem wurstartigen Gebilde zu formen.
«Knete, es ist Knete!», flüsterte Anton aufgeregt.
«Das ist Knete?», fragte Anna verblüfft. «Aber ihr habt doch sonst immer Geld*stücke* oder *Scheine.*»
«Nein, nicht solche Knete!» Anton grinste. «Es ist Knetmasse. Daraus kann man Autos kneten, Häuser, Menschen ...»
«Menschen?» Anna kicherte. «Ich glaube nicht, dass Rüdiger Menschen kneten will!»
Sie sollte Recht behalten: Was da unter den knochigen Fingern des kleinen Vampirs entstand, sah aus wie ein Sarg – wie ein Minisarg.
Anton grinste. «Todschick: ein *gelber* Sarg!»
Doch der Vampir schien über dem Kneten sogar seinen Abscheu vor der gelben Farbe vergessen zu haben: Er formte noch zwei Grabkreuze und eine Ratte. Dann war die Knetmasse aufgebraucht.

Der kleine Vampir hob den Kopf und blickte Herrn Schwartenfeger erwartungsvoll an. Aber der Psychologe schüttelte mit einem gutmütigen Lachen den Kopf.

«Anscheinend ist Rüdigers Stunde für heute beendet», flüsterte Anton.

«*Mir* reicht's auch!», gab Anna flüsternd zurück.

Anton streifte sie mit einem überraschten Blick. Ihm kamen die Übungen jedes Mal fast wie Spielerei vor. Der kleine Vampir dagegen wirkte nach den Sitzungen immer sehr erschöpft. Und Anna schien es nun ebenso wie Rüdiger zu er-

gehen, obwohl sie nur zugesehen hatte! Es musste damit zusammenhängen, dass es für die beiden – als Vampire – völlig artfremd war, Anweisungen zu befolgen.
Und dann noch die seelische Belastung während der Sitzungen, die Angst, dass Herr Schwartenfeger vielleicht doch etwas gegen sie planen könnte …
Und, nicht zu vergessen: Anna und Rüdiger waren schon seit über einhundertfünfzig Jahren nicht mehr an den normalen Umgang mit Menschen gewöhnt!
Der kleine Vampir hatte sich aus dem Entspannungsstuhl erhoben.
«Komm, fliegen wir!», sagte Anna.
«Du willst nicht auf Rüdiger warten?», fragte Anton.
«Nein, er soll lieber nicht wissen, dass ich hier war – dass *wir* hier waren», antwortete sie und breitete ihren Umhang aus. Mit ein paar kräftigen Armbewegungen erhob sie sich in die Luft. Anton folgte ihr; unentschlossen, ob er nicht doch auf den kleinen Vampir warten sollte.
Andererseits … Rüdiger hatte sich am letzten Samstag in der Praxis von Herrn Schwartenfeger so gemein und unfreundschaftlich benommen, dass Anton kein Bedürfnis verspürte, sich noch einmal so behandeln zu lassen!

Tatendurst

«Und wohin fliegen wir?», fragte er, als er mit Anna auf gleicher Höhe war.
«Wohin wir fliegen?», wiederholte sie – eher abwehrend, so als wäre *ihr* Tatendurst für heute Nacht gestillt.
Hoffentlich will sie nicht schon jetzt in ihre Gruft zurück!,

dachte Anton, der nach seiner Rolle als Zuschauer bei Herrn Schwartenfeger unbedingt noch etwas Aufregendes erleben wollte.
«Musst du denn nicht nach Hause?», fragte Anna.
«Ich?», sagte Anton. «Nein!» Sie flogen gerade an einem Kirchturm vorbei, und Anton sah, dass die Zeiger der Uhr auf halb elf standen. Seine Eltern waren zu einem Polterabend bei einer Kollegin seiner Mutter eingeladen, und solche Feiern, das wusste Anton aus Erfahrung, dauerten immer bis in den frühen Morgen.
«Ich habe noch viel Zeit», erklärte er.
Und um Anna zu locken, fügte er hinzu: «Also wenn du willst, können wir es mal ausprobieren mit dem Mondscheinbaden; ich meine, falls wir einen See finden und falls das Wasser nicht *zu* kalt ist.»
Doch zu seiner Verwunderung schüttelte Anna den Kopf und antwortete: «Nein, ich muss jetzt über Herrn Schwartenfeger und sein Programm nachdenken, und dazu brauche ich Ruhe.»
«Ruhe?» Das klang verdächtig nach Gruft – nach ihrer ruhigen Gruft Schlotterstein!
«Und außerdem muss ich nachsehen, ob Lumpi seinen Dienst diesmal auch wirklich tut!», ergänzte Anna.
Anton horchte auf.
«Lumpi? Etwa wieder als Aufpasser bei Tante Dorothee und ihrem Verehrer?»
«Allerdings!», sagte Anna. «Wir haben getauscht, Lumpi und ich. Eigentlich sollte *ich* heute Abend wieder als – pah! – Anstandsdame hinter Tante Dorothee herdackeln. Aber dann hätte ich nicht mit dir zu Herrn Schwartenfeger fliegen können. Ich will nur hoffen, dass Lumpi sich nicht davongemacht hat, so wie beim letzten Mal!»
Anton merkte, wie sein Herz vor Aufregung schneller

schlug. Wenn Anna nachprüfen musste, ob Lumpi auch tatsächlich seinen Dienst bei Tante Dorothee versah, dann könnte es noch ein sehr aufregender Abend werden!

«Weißt du denn, wo sie sind?», fragte er.

«Sie wollten zum Wasserturm», antwortete Anna.

«Zum Wasserturm?»

«Ja! Im Erdgeschoss ist ein Lokal – ‹Zur verliebten Kastanie› heißt es.»

«Was, sie sitzen in einem Lokal?», fragte Anton ungläubig.

«Nein, nicht *im* Lokal», erwiderte Anna. «Sie sitzen draußen – eben bei der verliebten Kastanie!»

Anton grinste. «Eine verliebte Kastanie; die muss ganz schön stachlig sein, die Liebe!»

«Es gibt ein paar lauschige Plätzchen da draußen», erklärte Anna.

«Plätzchen zum Lauschen?», fragte Anton, sie absichtlich missverstehend.

«Ja!» Anna kicherte. «Sitzecken mit Rosenbüschen drum herum, wie in meinem Märchen!»

«Wie in deinem Märchen?»

«Weißt du nicht mehr: die Geschichte von dem Königssohn im Schloss hinter der hundertjährigen Dornenhecke? Nur eine ganz bestimmte Königstochter war in der Lage, die Dornenhecke zu überwinden, weil sie etwas – nun – Besonderes konnte!»

«Ach ja –», sagte Anton. Es war das Märchen von Dornröschen, das Anna auf ihre Art umgeschrieben hatte. In Annas Geschichte war der Retter natürlich eine Retterin; und keine gewöhnliche Retterin, sondern ein – Vampir!

«Ich wäre auch sehr enttäuscht, wenn du das Märchen vergessen hättest.» Anna lächelte. «So, und jetzt fliegen wir zum Wasserturm!»

Ihre Stimme klang wieder so, wie Anton sie kannte: voller Kraft und Unternehmungslust.
Fast zu unternehmungslustig!, fand Anton, dem plötzlich gar nicht mehr sehr wohl in seiner Haut war.

Die im Dunkeln

Schon bald hatten sie das kleine Wäldchen erreicht, in dem auf einer Anhöhe der Wasserturm stand.
Durch die Fenster im Erdgeschoss fiel helles Licht, und aus der geöffneten Tür kam irgendwelche Schlagermusik. Dazu waren auf einigen Tischen draußen, vor dem Turm, Kerzen angezündet.
Alles wirkte beschaulich und einladend; und doch ...
Der Gedanke, dass dort unten Tante Dorothee mit ihrem Verehrer saß, bewacht von Lumpi dem Starken, jagte Anton einen Schauer über den Rücken.
«Hast du sie schon entdeckt?», fragte er leise.
«Ja!» Anna steuerte einen Kastanienbaum an und landete in seiner Krone.
«Sie sitzen an dem Tisch, der abseits von den anderen steht», berichtete sie flüsternd, als Anton neben ihr Platz genommen hatte. «Außerdem brennt auf ihrem Tisch keine Kerze.»
«*Keine* Kerze?», fragte Anton betroffen. Wie sollte er dann Tante Dorothee erkennen – und vor allem: Wie sollte er herausfinden, ob ihr Verehrer tatsächlich der geheimnisvolle Patient von Herrn Schwartenfeger war – Igno von Rant?
«Ich denke, ihr liebt Kerzen!»
«Tun wir ja auch», erklärte Anna würdevoll. «Aber an einem

dermaßen überbevölkerten Ort ziehen wir es vor, im Dunkeln zu bleiben.»
«Überbevölkert?», wiederholte Anton zweifelnd.
Erstens hieß es seiner Meinung nach «übervölkert»; und zweitens waren die meisten der Tische im Garten, soweit Anton das erkennen konnte, leer.
Vermutlich waren die Gäste bis auf Tante Dorothee, ihren Verehrer und Lumpi – und die konnte man nicht unbedingt als «Gäste» bezeichnen! – nach drinnen gegangen. Im Innern des Lokals schien es voller zu sein; wenn auch keinesfalls «übervölkert».
Aber Vampire waren eben menschenscheu; jedenfalls, was den gesellschaftlichen Umgang betraf!
«Und Lumpi?», fragte er. «Sitzt der mit am Tisch?»
«Nein, er sitzt zwei Tische weiter», antwortete Anna.
«Auch im Dunkeln?»
«Ja.» Anna machte eine Pause. «Aber irgendwas stimmt da nicht ...»
«Etwas stimmt nicht? Glaubst du, er könnte uns – entdeckt haben?»
«Nein, den Eindruck macht er nicht!» Annas Stimme klang grimmig.
«Was ist denn so komisch?»
«Er hat seinen Kopf auf den Tisch gelegt, und wenn mich meine Ohren nicht täuschen, schnarcht er, dieser pflichtvergessene Bursche!»
«Er schnarcht?» Beinahe hätte Anton laut aufgelacht – obwohl ihm in dieser Situation eigentlich gar nicht zum Lachen zumute war.
Aber ein schlafender Lumpi als Aufpasser bei Tante Dorothee ... «Das ist ja wie in deinem Märchen.»
«So?», sagte Anna nur.
«Ja. Bei Dornröschen sind doch alle eingeschlafen!»

«Tante Dorothee schläft nicht», erwiderte Anna kühl. Anscheinend dachte sie, Anton wolle sich über ihr Märchen lustig machen!
«Und Lumpi wird auch gleich aufwachen», fügte sie hinzu. «Dafür werde ich schon sorgen!»
«Willst ihn etwa wecken?», fragte Anton erschrocken. Wenn es nach ihm ginge, könnte sie Lumpi ruhig schlafen lassen! Immerhin war selbst der kleine Vampir schon einmal davor zurückgeschreckt, den stets launischen, unberechenbaren Lumpi beim Schlafen zu stören!
«Und ob ich ihn wecken werde!», sagte Anna. «Immerhin hat Lumpi mir fest versprochen, seinen Dienst gewissenhaft auszuführen. Und wenn er schläft, kriege wieder *ich* den Ärger!»
«Du kriegst den Ärger?»
«Ja, genau wie beim letzten Mal, als Lumpi einfach davongeflogen ist. Anschließend hat meine Großmutter, Sabine die Schreckliche, *mich* ausgeschimpft. Ich hätte Lumpi diesen schwierigen Dienst nicht aufbürden dürfen – das hat sie gesagt!»
Anna schüttelte zornig ihre Fäuste. «Aufbürden ... Dabei ist er der Ältere! Aber immer heißt es nur: Denk dran, dass Lumpi in der Pubertät Vampir geworden ist und dass wir deshalb Verständnis und Nachsicht für seine Pubertätsprobleme aufbringen müssen. Ha, ich habe absolut kein Verständnis dafür, dass er seinen Dienst vernachlässigt!»
Entschlossen breitete sie die Arme unter dem Umhang aus.
«Los, komm, Anton!»
«Ich – ich würde lieber hier warten», sagte Anton.
«Bist du denn gar nicht neugierig auf den Raspelheini?», fragte Anna.

«Auf wen?»
«Na, auf Tante Dorothees Verehrer! Ich nenne ihn Raspelheini, weil – also, das *musst* du gehört haben, wie er bei Tante Dorothee sein süßes Holz raspelt! Einfach höllisch!»
Anton zögerte. «Und wenn Tante Dorothee mich entdeckt?»
«Bestimmt nicht», erwiderte Anna. «Sie und ihr Verehrer haben nur Augen füreinander.»
«Viel, viel schlimmer als wir beide», fügte sie, leise kichernd, hinzu.
«Und Lumpi? Rüdiger sagt, dass Lumpi immer ganz wild wird, wenn man ihn beim Schlafen stört.»
«Diesmal wird er ganz friedlich sein», antwortete Anna. «Schließlich ist er im Dienst eingeschlafen!»
Sie breitete die Arme unter ihrem Umhang aus, und lautlos schwebte sie zu Boden.
Anton wartete noch einen Moment.
Als er sah, dass keiner der Vampire von Anna Notiz zu nehmen schien, folgte er ihr.

Hinterlistig

Anton landete hinter einer dichten Rosenhecke. Nur wenige Schritte entfernt war der Tisch, an dem Lumpi saß – oder, besser gesagt, auf dem sein Kopf lag. Ganz deutlich vernahm er Lumpis Schnarchen, das von einem hohen, pfeifenden Ton begleitet wurde.
Ein Stück weiter waren zwei dunkle Gestalten zu erkennen, die ihre Köpfe zusammensteckten: eine große, ziemlich massige und eine kleinere, dünnere.

«Sind das Tante Dorothee und ihr Verehrer?», wandte sich Anton flüsternd an Anna.
«Ja», bestätigte Anna leise.
«Merkt Tante Dorothee denn gar nicht, dass Lumpi schläft?», fragte Anton.
«Natürlich merkt sie das», antwortete Anna. «Aber das passt ihr doch prima in den Kram: ein Aufpasser, der schläft, anstatt auf die Einhaltung von Sitte und Anstand zu achten.»
«Und später», fuhr Anna aufgebracht fort, «geht sie dann zum Familienrat und beschwert sich, *ich* hätte mit Lumpi getauscht, und Lumpi hätte die ganze Zeit nur geschnarcht!»
«Das ist ja hinterlistig!», sagte Anton entrüstet.
«Allerdings», bekräftigte Anna. «Aber dieser Verehrer ist noch viel hinterlistiger!»
«Tatsächlich?», murmelte Anton.
Voller Unbehagen musterte er den Verehrer. Dessen tiefschwarze Haare waren streng nach hinten frisiert und glänzten ölig, als wären sie mit Pomade behandelt worden.
«Er ist dermaßen hinterlistig, dass er nun sogar versucht, sich bei uns einzunisten!», erklärte Anna.
«Was, bei euch?»
«Ja, stell dir vor, er hat Tante Dorothee einen Heiratsantrag gemacht.»
«Nein!», entfuhr es Anton.
«Doch! Falls sie ja sagt, will er mit in unsere Gruft einziehen!»
Anna gab ein erregtes Schnauben von sich.
«Und woher weißt du das?», fragte Anton.
«Woher? Weil *ich* nicht schlafe, wenn ich aufpassen soll!»
«Und du hast wirklich gehört, dass er ihr einen Heiratsantrag gemacht hat?» Anton konnte es noch immer nicht glauben.

«Nicht nur das», sagte Anna. «Er möchte ihren Mädchennamen annehmen!»
«Wie – Mädchennamen?»
«Tante Dorothee ist eine geborene von Schlotterstein, verwitwete von Schlotterstein-Seifenschwein. Und dieser Raspelheini will nun auch ‹von Schlotterstein› heißen. Er hätte keine innere Beziehung mehr zu seinem eigenen Namen, hat er gesagt – pah!»
«Ach, wirklich?» Anton versuchte, ganz ruhig zu bleiben. Endlich war die Gelegenheit gekommen, Anna nach dem Namen des geheimnisvollen Verehrers zu fragen. «Ist sein Name denn so schlimm?»
«Schlimm?» Anna verzog die Mundwinkel. «Ranzig, total ranzig ist er.»
«Ranzig?» Anton schlug das Herz bis zum Hals.
«Ja, Igno von Rant!», bestätigte Anna und lachte auf – bitter und unvorsichtig laut.
Entsetzt sah Anton, wie die beiden Gestalten am Tisch die Köpfe herumdrehten und in ihre Richtung blickten.

Da ist was im Busch

«Da ist doch was im Busch ...», hörte Anton jetzt die Stimme von Tante Dorothee.
«Wahrscheinlich sind es Kaninchen», meinte Igno von Rant.
«Kaninchen?» Tante Dorothee wirkte nicht sehr überzeugt.
«Ja, bestimmt!» sagte Igno von Rant und lachte mit hoher, gekünstelter Stimme «Kaninchen, die Hochzeit halten – wie wir beide bald auch, meine Liebe!»

«Kaninchen sind es nicht», erwiderte Tante Dorothee. «Eher könnte ich mir vorstellen, dass es –»
Sie machte eine Pause.
Antons Herz trommelte wie verrückt.
«– dass es mein vorwitziger Neffe ist!»
«Was?», empörte sich Igno von Rant. «Hat uns deine Familie etwa noch einen Aufpasser hinterhergeschickt?» Er zeigte auf den schnarchenden Lumpi. «Gerade hab ich drei Grabkreuze gemacht, dass dieser Lausebengel endlich eingeschlafen ist – und schon kommt der Nächste?»
«*Die* Nächste!», rief da Anna – und zu Antons Bestürzung lief sie um die Rosenhecke herum und ging auf Tante Dorothee und Igno von Rant zu.
«Du?», sagte Tante Dorothee missfällig.
«Ja, ich wollte nachsehen, ob Lumpi auch wirklich seinen Dienst tut», erklärte Anna.
«Reichlich spät!», bemerkte Tante Dorothee.
«Spät?»
«Und ob!», zischte Tante Dorothee. «Ein Aufpasser, der schnarcht, dass einem die Ohren dröhnen – das ist wohl kaum im Sinne des Familienrats! Außerdem ist es mir äußerst peinlich vor Herrn von Rant», fügte sie hinzu. «Was soll er denn von unserer Familie denken!»
«*Ich* kann doch nichts dafür, dass Lumpi eingeschlafen ist», verteidigte sich Anna.
«Aber du kennst seine Probleme», erwiderte Tante Dorothee. «Als Vampir in den Entwicklungsjahren ist Lumpi nicht so belastbar wie andere.»
«Immer nehmt ihr Lumpi in Schutz!», sagte Anna wütend.
«Was hattest *du* eigentlich so Wichtiges vor, dass du mit Lumpi tauschen musstest?», fragte Tante Dorothee jetzt und spähte argwöhnisch in Antons Richtung.

Anton blieb vor Schreck das Herz stehen.
Sekundenlang zögerte Anna. Dann sagte sie – erstaunlich ruhig und geistesgegenwärtig: «Ich wollte mich nach einem Geschenk umsehen.»
«Nach einem Geschenk?» Tante Dorothee lachte höhnisch. «Wozu brauchst *du* ein Geschenk? Dir geht es sowieso schon viel zu gut!»
«Es sollte nicht für mich sein», antwortete Anna.
«Nicht für dich?» Wieder blickte Tante Dorothee in Antons Richtung. «Für wen dann?»
«Es sollte für euch beide sein!», erklärte Anna feierlich.
«Ach, für uns ...»
«Ja, als *Hochzeits*geschenk!»

Böses Blut

Anton konnte Anna für diese Ausrede nur bewundern! Tante Dorothee, die eben noch einen gereizten und angriffslustigen Eindruck gemacht hatte, wirkte nun ausgesprochen milde gestimmt.
«Als Hochzeitsgeschenk!», wiederholte sie und wechselte einen Blick mit Igno von Rant.
«Dann soll Anna die frohe Nachricht auch als Erste erfahren, findest du nicht?», fragte sie.
«Doch!», pflichtete Igno von Rant ihr bei.
«Eine frohe Nachricht?», sagte Anna und schien sich, genau wie Anton, eher auf eine böse eingestellt zu haben.
«Eine sehr frohe sogar! Herr von Rant und ich haben uns zu einer – wie sagt man so schön – Ehe auf Probe entschlossen. Nicht wahr, mein Lieber?»

Damit reichte sie Igno von Rant ihren Arm. Igno von Rant ergriff ihn und gab ihr einen formvollendeten Handkuss. Es sah so komisch aus, dass Anton fast gelacht hätte.
«Auf Probe?», hörte er Anna fragen.
«Jawohl! Eine Ehe auf Probe ist heute allgemein üblich», erklärte Tante Dorothee von oben herab. «Damit man sicher sein kann, dass man auch im Alltag zusammenpasst.»
«Im All-Tag?» Annas Stimme klang spöttisch.
«Das sagt man so», antwortete Tante Dorothee. «Damit meint man das normale, das allnächtliche Einerlei.»

Und in oberlehrerhaftem Ton fuhr sie fort: «Für den lieben Herrn von Rant wird es ohnehin eine große Umstellung werden. Immerhin lebt er schon sehr, sehr lange allein! Und ihr drei – Lumpi, Rüdiger und du – seid auch nicht gerade eine Bereicherung!»
Anna sah zu Lumpi hinüber. «Da hast du ein wahres Wort gesprochen!»
«Und deshalb», sagte Tante Dorothee, «wollen Herr von Rant und ich erst einmal ausprobieren, ob wir uns auch unter normalen Gegebenheiten etwas, nun –», sie lachte heiser, «– etwas zu sagen haben.»
«Genau!», ließ sich Igno von Rant vernehmen.
«Übrigens», schloss Tante Dorothee, «ist es dann auch nicht mehr erforderlich, dass uns jede Nacht ein Aufpasser hinterhergeschickt wird.»
«Oh, das wäre schön!», seufzte Anna. Nach kurzem Überlegen meinte sie: «Wenn es so schwierig für Herrn von Rant ist – warum ziehst *du* dann nicht zu *ihm,* Tante Dorothee?»
«Misch dich nicht in Dinge ein, von denen du nichts verstehst», erwiderte Tante Dorothee würdevoll.
«Aber wenn du bei Herrn von Rant einziehst, habt ihr doch eure Ruhe – ich meine, vor uns, vor Lumpi, Rüdiger und mir!», versuchte Anna es noch einmal.
«Hast du nicht gehört?», entgegnete Tante Dorothee, nun eine Spur schärfer. «Du sollst dich da raushalten.»
«Das will ich ja. Liebend gerne würde ich mich aus allem raushalten!»
«Dann steck deine Nase nicht in Angelegenheiten, die dich nichts angehen!»
«Die mich nichts angehen?», sagte Anna entrüstet. «Zufällig wohne *ich* auch in der Gruft Schlotterstein!»
«Leider, wie man wohl sagen muss!», bemerkte Igno von Rant gallig.

«Leider?», wiederholte Anna, kein bisschen eingeschüchtert.
«Ich glaube nicht, dass meine Brüder das auch so sehen würden», erklärte sie selbstbewusst. «Und meine Mutter, Hildegard die Durstige, und mein Vater, Ludwig der Fürchterliche, erst recht nicht! Und auch meine Großmutter, Sabine die Schreckliche, und mein Großvater, Wilhelm der Wüste, hängen an mir, weil ich die Jüngste der Familie bin.»
Sie schnappte nach Luft, bevor sie hinzusetzte: «Eher würden meine Verwandten auf *Sie* verzichten!»
«Anna!», rief Tante Dorothee und blickte erschrocken zwischen Igno von Rant und Anna hin und her.
«Das … das musst du missverstanden haben, Anna», erklärte sie hastig. «Herr von Rant wollte nur einen Scherz machen. – Nicht wahr, mein lieber Igno?», sagte sie. «Das sollte ein Scherz sein!»
«Ein Scherz?», brummte er unlustig. «Ich pflege nicht zu scherzen.»
«Manchmal doch», widersprach Tante Dorothee.
Und mit süßlicher Stimme flötete sie: «Sag meiner kleinen Nichte, dass es nicht so gemeint war! Sonst gibt es noch böses Blut, ehe meine Verwandten dich überhaupt kennen gelernt haben.»
«Böses Blut?», wiederholte Igno von Rant. «Inwiefern?»
«Nun …» Tante Dorothee senkte ihre Stimme zu einem beschwörenden Flüstern; aber Anton konnte gerade noch verstehen, was sie sagte: «Wenn Anna schon jetzt die Familienmitglieder gegen dich – gegen uns – aufbringt, wäre das sehr ungünstig. Vielleicht werden meine Verwandten dann gar nicht mehr richtig warm mit dir. Und das wäre doch schrecklich, findest du nicht?»
«Unbedingt», sagte Igno von Rant. «Wo mir doch immer so kalt ist!»

«Eben», flüsterte Tante Dorothee. «Die zwischenvampirlichen Beziehungen müssen gehegt und gepflegt werden!» «Und deshalb», setzte sie salbungsvoll hinzu, «möchte ich, dass ihr Freunde werdet – du und meine kleine Nichte!»

Man kann doch seine Meinung ändern

«Wir sollen Freunde werden?» Igno von Rant musterte Anna.
«Ja, warum eigentlich nicht?», sagte er. «Ich habe sogar schon eine Idee, wie …»
«Ach, tatsächlich?», antwortete Anna frostig.
«Du bist doch ein richtiges Mädchen, oder?», fragte Igno von Rant.
«Ein richtiges Mädchen?» wiederholte Anna, äußerst misstrauisch.
«Ja! Und Mädchen haben – im Gegensatz zu Jungen – großen Spaß daran, sich hübsch anzuziehen. Oder etwa nicht?»
«Im Gegensatz zu Jungen?» Anna lachte verächtlich. «Niemand läuft gern in Sack und Asche herum – Mädchen ebenso wenig wie Jungen!»
«Na schön, wie du meinst», lenkte Igno von Rant ein. «Aber *du* liebst hübsche Kleidung!»
«Hm, kann sein», tat Anna gleichmütig.
«Ich weiß es von deiner lieben Tante», erklärte Igno von Rant. «Und ich weiß auch, dass ihr beide deswegen schon des öfteren Streit hattet.»
«Allerdings!», bestätigte Anna. «Tante Dorothee erlaubt

mir noch nicht mal, das Spitzenkleid anzuziehen, das ich in der Ruine entdeckt habe!»
«Na ja», säuselte Tante Dorothee. «Ich fand es nicht standesgemäß. Aber nun, seit ich Herrn von Rant kenne ...»
Und als sei ihr das Thema peinlich, schnaubte sie: «Man kann doch wohl seine Meinung ändern, oder?»
«Du hast deine Meinung geändert?» Anna wirkte noch immer ungläubig.
«Und ich darf das weiße Spitzenkleid wirklich anziehen?», fragte sie nach einer Pause.
«Nicht nur das», antwortete Igno von Rant wichtigtuerisch. «Wir werden uns jetzt alle drei zu mir begeben, und dort werde ich dir etwas sehr Hübsches zeigen!»
«Was, du willst Anna mit zu dir nach Hause nehmen?», sagte Dorothee überrascht.
«Wieso nicht?», fragte Igno von Rant.
«Bisher hast du immer darauf bestanden, dass wir deinen Unterschlupf geheim halten!», erwiderte Tante Dorothee mit einem gekränkten Unterton in der Stimme.
«Ja, das stimmt», sagte Igno von Rant. «Aber hast *du* nicht gesagt, dass die zwischenvampirlichen Beziehungen gehegt und gepflegt werden müssten? Und hast du nicht auch gesagt, du möchtest, dass wir Freunde werden, deine kleine Nichte und ich?»
«Doch, ja», gab Tante Dorothee zu. «Du hättest sie allerdings nicht gleich zu dir nach Hause einladen müssen!»
«Aber nur dort kann ich ihr das Hübsche zeigen», entgegnete Igno von Rant. «Und mit diesem Hübschen soll unsere Freundschaft beginnen!», fügte er hochtrabend hinzu.
«Ist es etwas ... zum Anziehen?», fragte Anna.
«Das wird nicht verraten», antwortete Igno von Rant. «Lass dich einfach überraschen!»
Mit diesen Worten erhob er sich und reichte – ganz Kavalier

der alten Schule – Tante Dorothee seinen Arm. Tante Dorothee stand auf, und Igno von Rant hakte sich bei ihr ein.
«Mich überraschen lassen?», murrte Anna.
«Komm jetzt!», drängte Tante Dorothee. «Belaste die gerade erst aufkeimende Freundschaft zu Herrn von Rant nicht dadurch, dass du trödelst.»
«Ich komme ja schon», sagte Anna. Sie warf Anton noch einen raschen Blick zu, in dem Bedauern und eine gewisse Hilflosigkeit lagen. Dann folgte sie den beiden.

Antons Pflicht als Freund

Anton blieb stehen und sah der seltsamen Dreiergruppe nach: Tante Dorothee, die ihren Verehrer um einen Kopf überragte, dem schmächtigen Igno von Rant und der kleinen, zierlichen Anna.
Erst als sie hinter dem Wasserturm verschwunden waren, atmete Anton auf. Er hatte das Gefühl, dass sein Bedarf an Nervenkitzel und Abenteuern für diese Nacht ziemlich gedeckt war. Andererseits – wenn er sich vorstellte, wie sehr Herr Schwartenfeger darauf brannte, mehr über seinen ungewöhnlichen Patienten zu erfahren, von dem er noch nicht einmal die Adresse kannte …
Und ihm, Anton, der mindestens ebenso gespannt war, würde sich nun die Gelegenheit bieten, herauszufinden, wo der geheime Unterschlupf lag, in den Igno von Rant Anna führen wollte … Bei dem Gedanken an Anna merkte Anton, wie sein Herz schneller klopfte – aus Sorge. Hatte sie nicht sehr zögerlich auf den Vorschlag von Igno von Rant

reagiert, zu ihm nach Hause zu gehen? Wenn ihr nun Gefahr drohte; nicht von Tante Dorothee, aber von Igno von Rant!

Immerhin war noch gar nicht endgültig bewiesen, dass es sich bei Igno von Rant tatsächlich um einen Vampir handelte. Und selbst wenn er einer war, so konnte Anna keinesfalls sicher sein, dass er nicht irgendetwas Böses vorhatte!

War es dann nicht seine Pflicht – als Freund –, Anna beizustehen? Und darauf, dass Tante Dorothee ihr helfen würde, wollte Anton sich lieber nicht verlassen. Schließlich war Tante Dorothee aufgebrochen, ohne sich im Geringsten um den schlafenden – und damit wehrlosen – Lumpi zu kümmern! Anton sah zu Lumpi hinüber, dessen Kopf unverändert auf der Tischplatte lag und der gleichmäßig wie ein aufgezogenes Uhrwerk vor sich hin schnarchte.

Dass die Vampire ihn einfach sich selbst überließen, zeigte einmal mehr, wie hart, ja brutal das Gesetz war, unter dem ihr Leben – ihr Überleben – stand: *Denke immer und zuerst an dich selbst!*

Nur Anna war nicht so; jedenfalls nicht immer. Sie setzte sich auch für andere ein – genau wie er, Anton. *Er* kümmerte sich um seine Freunde; vor allem um seine Vampir-Freunde. Er würde es nicht einmal fertig bringen, Lumpi so hilflos daliegen zu lassen.

Anton bückte sich und suchte auf dem Erdboden nach einem Gegenstand, mit dem er Lumpi wecken konnte. Er fand eine Kastanie. Schnell richtete er sich wieder auf, zielte und warf.

Das Letzte, was er sah, war Lumpis Kopf mit den struppigen Haaren, der verschlafen in die Höhe fuhr.

Dann rannte Anton. Er rannte, ohne sich umzudrehen, bis er eine Lichtung erreicht hatte.

Hier breitete er seine Arme aus, bewegte sie ein paar Mal auf und ab und flog.
Während Anton an Höhe gewann, hielt er angestrengt Ausschau nach Tante Dorothee, Igno von Rant und Anna. Doch niemand war zu sehen. Mit einem bangen Gefühl fragte er sich, ob sie so rasch davongeflogen sein könnten, dass sie in der Zwischenzeit schon den Unterschlupf von Igno von Rant erreicht hatten.
Aber es waren vielleicht fünf Minuten vergangen, seit sie aufgebrochen waren, und Tante Dorothee mit ihrer eher massigen Figur machte nicht den Eindruck, als wäre sie eine schnelle Fliegerin! In welche Richtung sollte Anton sich nun wenden? Er wusste noch nicht einmal, wie er fliegen müsste, um nach Hause zurückzufinden!
Unsicher steuerte er eine von mächtigen Bäumen gesäumte Straße an – und hätte vor Freude fast aufgeschrien: Unter sich erblickte er die Dreiergruppe der Vampire, die dort den Gehweg entlangmarschierte: vorneweg Igno von Rant am Arm von Tante Dorothee und hinter ihnen Anna, sehr klein und sehr zart in ihrem schwarzen Umhang.
Anton verlangsamte seinen Flug und landete hinter einem der Bäume. Beklommen sah er zu den dunklen Gestalten hinüber. Doch die drei setzten ihren Weg, ohne einzuhalten, fort. Anton wartete noch einen Moment – dann ging er, immer im Schatten der Bäume, ihnen nach.
In dieser Straße war Anton noch nie gewesen. Alles kam ihm seltsam, ja befremdlich vor: dass hier so wenige Autos parkten, dass die Fahrbahn voller Schlaglöcher war und dass in vielen Gärten das Gras kniehoch stand.
Wie in einer Geisterstadt!, durchfuhr es ihn. Aber nein, dachte er dann, in einer Geisterstadt würde kein Kinderfahrrad am Gartenzaun lehnen, würde kein Springseil vergessen auf dem Gehweg liegen.

Außerdem brannte in mehreren Häusern Licht; es wohnten also doch Menschen hier.
Menschen ... Anton musterte die Gruppe der Vampire, und ein Schauer lief ihm über den Rücken. Angesichts der Gefährlichkeit von Tante Dorothee wäre ihm eine weniger verlassene Gegend lieber gewesen – für den Notfall!
Doch es begegnete ihnen keine Menschenseele.

Villa Reinblick

Auf der Höhe der letzten Straßenlaternen blieben Igno von Rant, Tante Dorothee und Anna plötzlich stehen. Igno von Rant ging auf eine Gartenpforte zu und öffnete sie, was ein leises, scheppperndes Geräusch verursachte.
Bei diesem Geräusch blickte Tante Dorothee sich argwöhnisch um, aber Anton war gerade noch rechtzeitig hinter einem dicken Baumstamm in Deckung gegangen.
Vorsichtig blickte er um den Stamm herum. Er sah, wie Igno von Rant, Tante Dorothee und Anna auf ein großes, dunkles Haus zugingen. Sekunden später waren sie verschwunden. Ob Igno seinen Unterschlupf etwa in dem Haus dort hatte? Nein, das konnte Anton sich nicht vorstellen! Zu Vampiren passten Friedhöfe, Grüfte, Ruinen, Kapellen. Aber ein Haus, ein gewöhnliches Haus ...
Allerdings – so gewöhnlich, wie Anton zunächst angenommen hatte, war das Haus doch nicht: Im Näherkommen erkannte er, dass es schon seit längerem leer stehen musste; denn die Tür und die Fenster im Erdgeschoss waren mit dicken Brettern vernagelt. Auch sonst wirkte es nicht gerade einladend: mit seinen vom Alter schwarz gewordenen Mau-

ern und dem eingestürzten Schornstein. Wenn es auch keine Geister*stadt* war, in der Anton sich befand – dies war ein Geister*haus*; der ideale Unterschlupf für jemanden, der unentdeckt bleiben wollte!

Unentdeckt ... Anton überlegte, ob er nicht besser vom Nachbargrundstück aus an das Haus heranschleichen sollte. Aber vermutlich waren die Vampire ohnehin in den Keller gegangen, sodass es gar keine Rolle spielte, von welcher Seite Anton kam – sofern er sich leise genug bewegte!

An der Gartenpforte hielt er inne. Doch er berührte sie nicht; aus Angst, das scheppernde Geräusch könnte ausreichen, um die Vampire zu warnen!

Sehr vorsichtig stieg er über den Zaun, dessen schmiedeeiserne Spieße bedrohlich spitz aufragten, und dann schlich er durch das hohe Gras auf den Hauseingang zu.

Besorgt spähte Anton zu den beiden angrenzenden Häusern hinüber. Aber nichts rührte sich. Möglicherweise stehen die Nachbarhäuser ebenfalls leer!, überlegte er.

Obwohl – Anton wandte sich wieder der mit Brettern vernagelten Tür zu –, wenn Igno von Rant hier eingezogen war, stand *dieses* Haus keineswegs leer!

Jetzt bemerkte Anton eine Tafel an der Hauswand. Er kniff die Augen zusammen, und mit einiger Mühe gelang es ihm, beim Schein der Straßenlaternen die Inschrift zu entziffern:

Rein das Herz und klar der Blick
Frisch gewagt, dann winkt das Glück
Villa Reinblick

Er musste grinsen. An dem Spruch – vermutlich eine Art Haussegen – stimmte nur noch das eine: «Rein das Herz»; dieser Ausdruck war wie geschaffen für den Unterschlupf eines Vampirs!

Aber Villa ... «Bruchbude» wäre zutreffender! Und «klar der Blick» – durch die zugenagelten Fenster vielleicht?
Nein, «frisch gewagt» werden konnte in der Villa Beinblick, seiner Meinung nach, nur eins: der Auszug! Denn das Glück schien dieses Haus schon lange verlassen zu haben.

Stimmen aus der Tiefe

In diesem Augenblick gab der kleine Hügel aus Schutt und Steinen, auf den Anton sich gestellt hatte, damit er den Spruch besser lesen konnte, mit einem knirschenden Geräusch unter seinen Füßen nach.
Erschrocken machte Anton einen Schritt zur Seite.
Hoffentlich haben die Vampire nichts davon mitbekommen!, dachte er und ließ den Blick über die düstere Fassade des Hauses wandern.
Wenn sich Tante Dorothee, Igno von Rant und Anna – wie Anton annahm – im Keller aufhielten, war die Gefahr nicht allzu groß. Wenn sie allerdings in den ersten Stock hinaufgegangen waren ... Dort hatte man keine Bretter vor die Fenster genagelt. Schwarz und unheimlich starrten Anton die leeren Fensterhöhlen entgegen.
Aber vermutlich würde sich ein Vampir niemals unter einem schadhaften Dach einquartieren, das die Sonnenstrahlen und den Regen durchlässt!, überlegte er dann.
Auf einmal hörte Anton entfernte Stimmen: eine tiefe, schnarrende und eine helle, leicht heisere.
Die Stimmen klangen seltsam dumpf, als kämen sie aus einem Gewölbe herauf.
Demnach waren die Vampire tatsächlich in den Keller ge-

gangen! Nur – wo mochte der Eingang sein, den sie benutzt hatten? Durch die Haustür konnten sie nicht in die «Villa Reinblick» gelangt sein; dafür waren die Bretter viel zu stabil: Möglicherweise gab es an der Rückfront des Hauses eine Kellertreppe?

Auf Zehenspitzen verließ Anton den Hauseingang.

Er entdeckte einen halb vom Gras überwucherten Plattenweg, der links um das Haus herumführte. Vorsichtig machte er ein paar Schritte, blieb stehen und horchte.

Jetzt vernahm er auch die Stimmen wieder. Sie klangen noch immer eigenartig dumpf; aber nun waren sie so nah, dass Anton jedes Wort verstehen konnte.

«Und du möchtest dir wirklich nicht das Hübsche ansehen?», fragte Igno von Rant.

«Doch», sagte Anna, «aber nur, wenn Sie mitkommen. Allein gehe ich nicht nach oben!»

Nach oben? Anton drückte sich enger an die Hauswand. Er konnte nur beten, dass das «Hübsche» im Erdgeschoss mit den zugenagelten Fenstern war – und nicht im ersten Stock!

«Warum sagst du eigentlich ‹Sie› zu dem lieben Herrn von Rant?», flötete Tante Dorothee. «Sag doch ‹du›!»

«Ja, genau», stimmte Igno von Rant ihr zu. «Nenn mich einfach Onkel Igno!»

«Und wieso?», erwiderte Anna.

«Um die zwischenvampirlichen Beziehungen zu verbessern!», antwortete Tante Dorothee.

«Hm, ich werd's mir überlegen», sagte Anna – nicht sehr begeistert, wie man deutlich hören konnte.

«Dann fangen wir doch gleich mit der Verbesserung an!», meinte Igno von Rant – trotz Annas ziemlich unverhüllter Feindseligkeit. Und mit einer schmierigen Freundlichkeit fügte er hinzu: «Die kleine Anna traut sich nicht alleine. Goldig, richtig goldig!»

Anton ballte die Fäuste. Igno von Rant war der Letzte, dem er erlauben würde, Anna «goldig» zu finden!
«Mich nicht trauen?», wiederholte Anna. «Wie kommen Sie denn darauf?»
«Weil du schon immer ein bisschen feige gewesen bist», warf Tante Dorothee ein.
Anton merkte, wie ihm bei dieser bösartigen Unterstellung die Zornesröte ins Gesicht stieg.
«Ich soll feige sein?» Anna lachte erbost. «Gut, dann werde ich aus lauter Feigheit im Familienrat erzählen, dass du gegenüber Herrn von Rant Familiengeheimnisse ausgeplaudert hast!»
«Was, im Familienrat?», rief Tante Dorothee bestürzt. «Nein, das darfst du nicht tun, Anna! Sag um Draculas willen nichts Nachteiliges über Herrn von Rant und mich im Familienrat!»
«Dann musst *du* aber auch zurücknehmen, dass ich feige bin!», verlangte Anna.
«Natürlich nehme ich das zurück», säuselte Tante Dorothee. «Du bist sogar sehr mutig!» Und ob!, pflichtete Anton ihr bei; allerdings nur in Gedanken.

Nachtblind

«Wenn deine kleine Nichte wirklich so mutig ist – warum geht sie dann nicht allein nach oben?», ließ sich da Igno von Rant vernehmen.
«Warum?», sagte Anna. «Weil *Sie* sich hier viel besser auskennen und weil *ich* keine Lust habe, mir den Kopf zu stoßen oder den Fuß zu verstauchen.»

«Aber heißt es nicht, dass ihr genauso scharfe Augen habt wie Nachteulen?», fragte Igno von Rant.

«Wer – ihr?», sagte Anna. «Von wem sprechen Sie?»

«Von euch – von eurer Familie», antwortete Igno Rant und räusperte sich. «Ihr von Schlottersteins – ihr habt doch diese berühmten scharfen Augen!»

«Wir haben ganz normale Augen», sagte Anna, «wie alle anderen Vampire auch.»

«Wie *alle* nicht!», widersprach Tante Dorothee. «Herr von Rant zum Beispiel hat nicht so gute Augen – leider.»

«Was ist denn mit seinen Augen?», fragte Anna.

«Nun ... Er ist ein wenig nachtblind, der arme, liebe Herr von Rant.»

«Nachtblind?», wiederholte Anna.

«Ja.» Tante Dorothee hüstelte. Anscheinend war ihr die Sache mit Igno von Rants Fehlsichtigkeit peinlich. «Das kommt in den besten Vampirkreisen vor.»

«So?», sagte Anna. «*Ich* hab noch nie von einem Vampir gehört, der nachtblind gewesen wäre.» Und spitz setzte sie hinzu: «Hauptsache, sie steckt nicht an, diese Nachtblindheit!»

«Anna, sag so etwas nicht!», rief Tante Dorothee beschwörend. «Und vor allem – kein Wort darüber im Familienrat!»

«Und warum nicht?»

«Weil ...» Tante Dorothee machte eine Pause. Dann erklärte sie feierlich: «Weil man seinen Nächsten nach dem beurteilen soll, was er *ist* – und nicht nach dem, was er *nicht* ist! Und wenn im Familienrat bekannt wird, dass Herr von Rant ein paar – nun – Probleme mit den Augen hat, könnten sich gleich Vorurteile gegen ihn bilden.»

«Und im Übrigen», ergänzte sie, «ist es gerade das, was ich an dem lieben Herrn von Rant schätze!»

«Dass er nicht richtig gucken kann?», sagte Anna verblüfft.

«Nein! Dass er nicht so wie die anderen ist», erwiderte Tante Dorothee hoheitsvoll. Und in säuselndem Ton fuhr sie fort: «Du kannst jetzt ruhig deine Taschenlampe einschalten, mein lieber Igno. Anna weiß ja nun Bescheid. Und Anna hat keine Vorurteile, nicht wahr?»
«Nein», sagte Anna – was sollte sie auch sonst antworten!
«Die Taschenlampe einschalten?» Igno von Rant lachte verlegen.
«Ja, wenn du meinst, liebe Dorothee!»
Er musste die Taschenlampe in der Hand gehalten haben; denn schon flammte Licht auf. Es kam aus einem tief liegenden Kellerfenster, das wie die Fenster im Erdgeschoss mit Holzbrettern vernagelt war – allerdings eher nachlässig:

Mehrere Bretter fehlten, sodass selbst Tante Dorothee sich dort hätte hindurchzwängen können.
Bei dieser Vorstellung beschleunigte sich Antons Herzschlag. Vielleicht waren die Vampire gar nicht über die Kellertreppe ins Haus gelangt, wie er anfangs vermutet hatte, sondern durch dieses Fenster!
Der Lichtschein zitterte, wurde schwächer.
Nun hörte Anton die Stimme von Igno von Rant: «Du folgst mir, Anna! Dann wirst du gleich das Hübsche sehen. Was sage ich da – sehen? Anziehen! Du wirst es anziehen können! Warte nur ab. Du wirst begeistert sein.»
«Ja, geht ihr beiden schon voraus», stimmte Tante Dorothee zu. «Ich werde sicherheitshalber noch einen kurzen Blick nach draußen werfen.»
Einen Blick nach draußen? Sekundenlang war Anton vor Schreck ganz starr. Aber dann, als es hinter den Brettern zu rumoren begann, rannte er los.
In großer Hast lief er zur Pforte und kletterte hinüber. Auf dem Gehweg drehte er sich noch einmal um und sah zum Haus zurück.
Düster und abweisend stand es da, und nicht das geringste Anzeichen von Leben war zu erkennen.
Mit einem leisen Schuldgefühl dachte er an Anna. Hatte er sie nun im Stich gelassen, weil er vor Tante Dorothee davongelaufen war?
Aber Anna hatte kein bisschen eingeschüchtert oder gar ängstlich gewirkt. Nein, sie würde sich selbst zu helfen wissen, wenn es sein müsste!
Anton breitete die Arme unter dem Umhang aus, bewegte sie auf und ab, und sogleich lösten sich seine Füße vom Erdboden.

Das Schlafen in Schuhen

Es wurde ein langer und anstrengender Heimflug. Zunächst kehrte Anton zum Wasserturm zurück, und von dort aus flog er fast die gesamte Strecke zu Herrn Schwartenfeger, bis er endlich auf eine Straße traf, die er kannte und die ihn nach Hause führte.

Müde und wie zerschlagen erreichte er sein Zimmer.

Mit einem tiefen Seufzer ließ er sich auf sein Bett fallen. Er wollte sich nur einen Moment ausruhen …

«Du schläfst in Schuhen?», sagte da plötzlich eine helle Stimme neben ihm.

«Ich?» Anton fuhr in die Höhe; unsicher, ob er wachte oder träumte. Auf einem Streifen silbernen Mondlichts stand eine kleine Gestalt – wie eine Erscheinung aus dem Geisterreich. Verwirrt rieb er sich die Augen.

Jetzt kicherte die Gestalt, und auf einmal wusste Anton, wer sie war.

«Anna!», sagte er.

«Du siehst richtig zum Verlieben aus, wenn du schläfst, Anton!» Sie kicherte wieder.

«Wenn ich schlafe?» Verlegen kratzte er sich am Kopf. «Ich … ich wollte mich nur eine Sekunde ausruhen.»

«Du hast sogar gelächelt», sagte Anna sanft. «Wahrscheinlich hast du von uns geträumt!»

«Oder vom Schuheausziehen», erwiderte Anton – extra burschikos, um das Gespräch in eine andere Richtung zu lenken. Er streckte die Beine aus dem Bett und begann, die Schuhbänder aufzuknoten.

«Das mit den Schuhen muss dir nicht unangenehm sein», sagte Anna. «Im Gegenteil: Ich finde es sehr schön, wenn du schon übst!»

Anton hob den Kopf. «Wenn ich übe? Denkst du, ich könnte mir die Schuhe nicht allein ausziehen?»
«Doch!» Sie lachte heiser. «Ich meinte: das Schlafen in Schuhen, darin bist du nicht so geübt wie *wir*! Noch nicht», fügte sie hinzu. Jetzt erst verstand Anton ihre Anspielung.
«Ich will es auch gar nicht üben, das Schlafen in Schuhen», erklärte er und wandte sich wieder seinem linken Schuhband zu, in dem ein fester Knoten war.
Anna gab keine Antwort. Sollte Antons Bemerkung sie gekränkt haben? Um sie versöhnlich zu stimmen, fragte er, ohne aufzusehen: «Dein Kleid – ist es das ‹Hübsche›, was Igno von Rant dir zeigen wollte?»
«Ha, ist doch ganz egal», entgegnete Anna schnippisch. «Dir gefällt es ja sowieso nicht.»
«Wie kommst du denn darauf?»
«Erstens hast du eben, als du aufgewacht bist, kein Wort über mein Kleid gesagt. Und zweitens schaust du nicht mal *jetzt* zu mir her!»
«Weil ich mir den Schuh ausziehen will», verteidigte sich Anton. Endlich war es ihm gelungen, den Knoten zu lösen. Aufatmend streifte er den Schuh ab. «Und außerdem kann ich ohne Licht nicht viel erkennen.»
«Du kannst nichts erkennen?» Anna ging zum Schreibtisch und schaltete die Lampe ein.
«Ist es besser so?»
«Ja.» Die plötzliche Helligkeit ließ Anton blinzeln.
Als sich seine Augen an das Licht gewöhnt hatten, musterte er Anna. Sie trug ein langes Kleid aus einem seidig glänzenden, rosafarbenen Stoff. Es passte erstaunlich gut; fast so, als wäre es für sie genäht worden. Wahrscheinlich war es ein altes Kinderkleid!
«Nun?», fragte Anna mit nur schlecht unterdrückter Neugier.

«Du – du siehst sehr fein aus», sagte Anton vorsichtig. Er wollte auf keinen Fall schon wieder ins Fettnäpfchen treten.
«Fein?» Anna lächelte geschmeichelt und strich sich über das Kleid.
«Ehrlich?»
«Ja, fein und –» Anton zögerte.
Anna zog die Brauen zusammen. «Und was?»
Wenn Anton ehrlich – ganz ehrlich – sein sollte, dann hätte er jetzt antworten müssen, dass sie ihm wie eine Kleiderpuppe vorkam – und nicht wie die Anna, die er kannte und mochte. Aber es gab auch eine Form von Ehrlichkeit, die brutal und verletzend war, und so sagte Anton nur: «Fein und etwas – fremd!»
«Fremd?», wiederholte Anna, und zu Antons Erleichterung lächelte sie dabei. «Ja, das stimmt! Wenn man dieses tolle Kleid mit den Lumpen vergleicht, die ich sonst anziehen muss ...»
«Herr von Rant hat übrigens noch andere hübsche Sachen», erzählte sie.
«Tatsächlich?», sagte Anton und gab sich Mühe, Anna nicht merken zu lassen, wie gespannt er war, mehr über Igno von Rant zu erfahren.
«Und ob!» Anna raffte ihr Kleid und nahm auf Antons Bettkante Platz. «Er hat einen riesigen Schrank, zu dem besitzt nur er den Schlüssel.»
«Im Erdgeschoss?», fragte Anton aufgeregt.
Anna sah ihn überrascht an. «Du weißt von dem Schrank?»
«Nein, von dem Schrank nicht.»
«Aber du hast doch eben nach dem Erdgeschoss gefragt!»
«Ja, weil ... ich bin euch bis zum Haus nachgegangen.»
Anton räusperte sich. Dass er ihr gefolgt war, konnte Anna ihm doch nicht übel nehmen, oder?

«Du bist uns nachgegangen?»
«Ja, aus Sorge! Weil ich dich mit diesem Igno von Rant nicht allein lassen wollte.»
Nun kicherte Anna.
«Sorge würde ich das nicht nennen», meinte sie. «Eher ...»
Sie machte eine bedeutungsvolle Pause und schaute Anton zärtlich an.
«Eher was?», fragte Anton heiser.
«*Eifersucht* würde ich es nennen», antwortete Anna. «Eifersucht aus – Liebe!»

Reizende Aussichten

Anton spürte, wie er einen roten Kopf bekam. «Eifersucht?», tat er ahnungslos. «Auf wen denn?»
«Na, auf wen wohl!» Anna kicherte. «Aber keine Angst, ich hab die Geschenke von Onkel Igno nicht angenommen.»
«*Onkel* Igno?», fragte Anton irritiert. «Vorhin warst du dagegen, ‹Onkel› zu sagen!»
«Vorhin ...», sagte Anna unbeschwert. «Man kann doch seine Meinung ändern.»
«Genau wie Tante Dorothee!», bemerkte Anton spöttisch.
«Ja, ist das nicht unglaublich?» Anna lachte. «Tante Dorothee hat gesagt, ich könnte das Kleid anziehen, sooft ich Lust dazu hätte.»
«Sooft du Lust hast?», wiederholte Anton.
Das waren ja reizende Aussichten ...
Nach einer Pause fragte er: «*Die* Geschenke hast du gesagt. Was war es denn noch?»

Wortlos, mit einem geheimnisvollen Lächeln zog Anna aus dem Ausschnitt ihres Kleides eine lange goldene Kette, an der ein mit blauen und grünen Steinen besetztes Herz hing.
«Die Goldkette hat er dir auch geschenkt?» Anton wurde immer misstrauischer.
«Geliehen!», verbesserte Anna würdevoll. «Ich hab dir doch gesagt, dass ich die Geschenke *nicht* angenommen habe.»
«Geliehen? Ich denke, bei Vampiren gibt es keinen Unterschied zwischen ‹geliehen› und ‹geschenkt›?»
«Das hast du bestimmt in einem deiner Vampirbücher gelesen!», meinte Anna und kicherte.
«Nein, Rüdiger hat es mir erzählt, an deinem Vampirtag.»
«Rüdiger? Da kannst du mal sehen, was der für Märchen in die Welt setzt!»

«Bei Onkel Ignos Ringen allerdings wäre ich fast schwach geworden!», fügte sie hinzu und streckte Anton ihre rechte Hand entgegen. Auf dem Mittelfinger und auf dem Zeigefinger blitzten goldene Ringe; der eine mit einem blutroten, der andere mit einem weißlichen Stein.
«Sind das etwa Edelsteine?», fragte Anton.
«Aber sicher», sagte Anna voller Stolz. «Der rote ist ein Rubin, hat Onkel Igno gesagt, und der helle ein Mondstein.»
Sie fuhr mit den Fingerspitzen andächtig über den weißlichen Stein.
«Ist das nicht ein wunderschöner Name: Mondstein?», fragte sie.
«Ich –» Anton räusperte sich.
Auch wenn Anna noch so begeistert war ... ihm kam es verdächtig vor, dass Igno von Rant ihr das Kleid und den Schmuck schenken wollte.
«Auf mich wirkt es wie Bestechung», sagte er.
«Bestechung?» Anna kicherte. «Ach, Anton, du bist ja noch eifersüchtiger als Rüdiger damals mit seiner Olga! Rührend, richtig rührend finde ich dich!»
«Rührend?», sagte Anton und machte ein grimmiges Gesicht.
Anna kicherte wieder. «Eigentlich könntest du gar nichts dagegen haben, dass ich mir von meinem neuen Onkel mal ein paar gute Sachen ausleihe. Aber wenn man so eifersüchtig ist wie du ...»
«Dabei hab ich mich nur für *dich* schön gemacht», fuhr sie zärtlich fort, «damit du siehst, dass ich kein Aschenputtel bin, wie Rüdiger immer behauptet.»
«*Ich* hab nie gesagt, dass du ein Aschenputtel bist», erwiderte Anton.
Er bekam allmählich das Gefühl, dass er, ähnlich wie in den

Gesprächen mit dem kleinen Vampir über Olga, gegen eine Wand redete. Was immer Anton auch vorbringen würde – Anna würde nur fröhlich kichern und sagen, er hätte eben etwas gegen Onkel Igno. Aber Anton musste unbedingt noch etwas mit ihr besprechen; etwas, das für den kleinen Vampir – und für Anna möglicherweise auch – von großer Wichtigkeit sein könnte!

Zu tief in die Augen gesehen

«Igno von Rants Augen –», begann er. «Hat Tante Dorothee nicht gesagt, er sei nachtblind?»
«Ein *wenig* nachtblind, hat sie gesagt», korrigierte Anna.
«Also gut, ein wenig nachtblind», sagte Anton. «Aber viel kann er im Dunkeln nicht sehen, oder?»
«Das Schlüsselloch vom Schrank hat er jedenfalls auf Anhieb gefunden.»
«Ja, weil er eine Taschenlampe dabeigehabt hat!»
«Aber die Taschenlampe hat er hauptsächlich meinetwegen mitgenommen», erwiderte Anna.
«Deinetwegen?», sagte Anton zweifelnd.
«Ach, Anton!» Sie lachte leise. «Du bist wirklich zu süß mit deiner Eifersucht. Die Taschenlampe hat er eingeschaltet, damit ich mir unter den Kleidern – und es waren bestimmt zwanzig oder mehr – das schönste aussuchen konnte. Und das ging natürlich besser mit Licht als ohne.» Anton hatte immer stärker das Gefühl, gegen eine Wand zu reden. Trotzdem unternahm er noch einen letzten Versuch: «Weißt du, seit wann Igno von Rant diese Probleme mit den Augen hat?»
«Nein, keine Ahnung», antwortete Anna.

Mit einem Kichern ergänzte sie: «Selbst wenn du es nicht glaubst: Ich mach mir wirklich nichts aus Onkel Igno.»
Anton seufzte. «Darum geht es gar nicht!»
«So?» Anna sah ihn mit einem koketten Lächeln an. «Und worum geht es dann?» – «Um dich!»
«Aber das weiß ich doch», meinte sie sehr sanft. «Deshalb bin ich ja überhaupt nicht böse, dass du so eifersüchtig bist, ganz im Gegenteil.»
«Um deine *Augen* geht es!», startete Anton einen allerletzten Versuch.
«Um meine Augen?» Anna zwinkerte ein paar Mal. «Wahrscheinlich wirst du gleich behaupten, ich hätte Onkel Igno zu tief in die Augen gesehen!»
«Nein!» Anton presste die Lippen aufeinander. So unzugänglich wie heute hatte er Anna noch nie erlebt.
«Erinnerst du dich an den Lichtapparat bei Herrn Schwartenfeger?», fragte er.
«Und ob!», sagte Anna. «Denkst du, solche Ungerechtigkeiten würde ich vergessen: dass Rüdiger eine Sonnenbrille hatte – und ich nicht?»
«Vielleicht hatte Igno von Rant auch keine Sonnenbrille», bemerkte Anton.
«Wie meinst du das?», fragte Anna.
Anton holte tief Luft. Endlich schien Anna bereit zu sein, sich seine Einwände anzuhören!
«Ich hab dir doch von dem geheimnisvollen Patienten erzählt, an dem Herr Schwartenfeger sein Programm auch schon ausprobiert hat», sagte er und sah sie forschend an.
«Ja, und?»
«Dieser Patient, der Herrn Schwartenfeger erzählt hat, er sei kein Vampir, ist – Igno von Rant!»
«Igno von Rant?», wiederholte Anna verdutzt.
Dann begann es um ihre Mundwinkel zu zucken, und ki-

chernd sagte sie: «Anton! Du sieht ja vor lauter Eifersucht Gespenster!»
«So, glaubst du?», entgegnete Anton zähneknirschend.
«Onkel Igno bei Herrn Schwartenfeger – das ist wirklich zu ulkig!»
«Und wenn ich dir sage, dass ich ihn zweimal in der Praxis von Herrn Schwartenfeger getroffen habe?»
«*In* der Praxis?» Anna wirkte kein bisschen beunruhigt, eher amüsiert. «Wahrscheinlich war es sein Doppelgänger. Oder du siehst wirklich Gespenster!»
«Und heute Abend am Wasserturm?», erwiderte Anton. «Ist das vielleicht ein Gespenst gewesen, das da mit Lumpi und Tante Dorothee am Tisch gesessen hat?»
«Nein!» Anna kicherte.
«Aber es war ziemlich dunkel am Wasserturm», meinte sie nach einer Pause. «Jedenfalls für Menschenaugen.»
«Trotzdem!», sagte Anton. «An seiner Stimme, an der Figur und an dem öligen Haar hab ich ihn wieder erkannt. Nur sein Maiglöckchen-Parfüm, das hebt er sich offenbar für die Besuche bei Herrn Schwartenfeger auf!»
«Maiglöckchen-Parfüm?», fragte Anna, nun nicht mehr ganz so unbekümmert. «Wie riechen Maiglöckchen denn?»
«Süßlich, furchtbar süßlich.» Anton suchte nach einem passenden Vergleich. «Das kann man nicht beschreiben.»
«Nur selber riechen!», gab Anna ihm Recht, und zu Antons Verblüffung holte sie aus einer Tasche ihres Kleides ein kleines rundes Fläschchen.
Sie öffnete den Schraubverschluss und hielt es Anton hin. «Hier, die Flasche hat mir Onkel Igno gegeben – für festliche Anlässe. Ist das Maiglöckchen-Parfüm?»
Anton musste husten. «Ja, genau», sagte er heiser, «das ist sein Duft: Maiglöckchen von der fürchterlichsten Sorte, brrr!»

«Dann stimmt es also doch, dass *er* der Patient ist», stellte Anna sachlich fest.
«Hm, ist eigentlich gar nicht so schlecht, dass Onkel Igno auch Stunden bei Herrn Schwartenfeger nimmt!», fügte sie nach kurzem Überlegen hinzu und lachte schon wieder.
«Er hat welche genommen», berichtigte Anton. «Aber nun ist er seit ein paar Wochen nicht mehr da gewesen. Das weiß ich von Herrn Schwartenfeger, der sich deswegen große Sorgen macht.»
«Er macht sich Sorgen?»
«Ja, genau wie ich.»
«Wie du?» Anna lachte hell auf. «Du machst dir Sorgen um Onkel Igno?»
«Nein, um den bestimmt nicht!», antwortete Anton. «Um dich – und um Rüdiger!»
«Um Rüdiger auch?», sagte Anna und verzog schmollend den Mund. Anton holte noch einmal tief Luft. Er wollte Anna auf keinen Fall kränken oder sie in dem Gefühl bestärken, er, Anton, sei eifersüchtig auf Igno von Rant!
«Es ist wegen Igno von Rants Nachtblindheit», begann er vorsichtig. «Mir ist da nämlich etwas eingefallen.»
«Eingefallen? Was denn?»
«Der Lichtapparat! Vielleicht hat er sich die Augen an dem grellen Licht aus dem Apparat verdorben.»
«Du glaubst, weil er in das Licht geguckt hat, ist er nachtblind geworden?», fragte Anna, nicht sehr überzeugt.
«Na ja –», sagte Anton. «Es ist zwar im Moment nur eine Vermutung. Aber wenn es stimmt, dann seid ihr, Rüdiger und du, genauso gefährdet!»
«Ja, wenn ...», sagte Anna.
Noch immer schien sie Antons Warnungen nicht sonderlich ernst zu nehmen.

«Aber das lässt sich leicht herauskriegen», meinte sie und rutschte von der Bettkante herunter. «Bei den guten zwischenvampirlichen Beziehungen, die ich neuerdings zu Onkel Igno habe!»
Kichernd hob sie den Rocksaum an und ging zum Fenster. Dort blieb sie stehen und sagte: «Du musst dich jetzt umdrehen, Anton.»
«Umdrehen? Wieso?»
«Weil du mich mit dem tollen Kleid in Erinnerung behalten sollst – und nicht mit meinem alten, schäbigen Vampirumhang.»
«In Erinnerung?», sagte Anton betroffen. «Sehen wir uns denn nicht wieder?»
«Doch, natürlich!» Anna lachte leise. «Aber wenn du dich daran erinnerst, wie ich in dem Kleid ausgesehen habe, träumst du heute Nacht vielleicht von mir. Und vielleicht träumst du dann, dass wir auf ewig zusammenbleiben können, du und ich.»
Anton errötete. Rasch drehte er den Kopf zur Wand.
«Nein, das glaube ich nicht», sagte er. «Ich träum immer nur von der Schule.»
«*Das* glaube *ich* nicht!», erwiderte Anna und kicherte.
Anton hörte, wie der seidene Stoff geheimnisvoll raschelte. Vermutlich streifte Anna gerade ihren Vampirumhang über.
«Das weiße Spitzenkleid aus der Ruine», begann er, den Blick auf die Raufasertapete gerichtet. «Willst du das nicht gleich mitnehmen? Ich meine, wo doch Tante Dorothee ihre Einstellung geändert hat!»
«Nein, lieber nicht», antwortete sie. «Ich muss erst mal abwarten, ob diese Wende von Dauer ist.»

«Außerdem hab ich's gern, wenn etwas von mir bei dir ist – und sei es auch nur ein Kleid!», fügte sie hinzu. «Und nun gute Nacht, Anton. Versprich mir, dass du dreimal bis dreizehn zählst, bevor du dich umdrehst!»
Anton grinste. «Dreimal bis dreizehn? Ich weiß nicht, ob ich das schaffe …»
«Soll ich dir helfen?», fragte sie neckend. «Mit dreimal dreizehn Küssen?»
«Nein danke, nicht nötig», wehrte er ab. «Ich glaube, wenn ich mich konzentriere, schaffe ich es.»
«Dann bis bald, Anton!», sagte sie.
«Ja, bis bald», antwortete er.

Und mit gleichförmiger Stimme begann er zu zählen: «Eins, zwei, drei ...»
Anton war bei «zwölf» angekommen, als plötzlich im Flur Schlüssel klapperten und der altbekannte Spruch seines Vaters ertönte:
«Na, siehst du, Helga. Alles ruhig.»
Anton fuhr herum. Hastig zog er sich den Vampirumhang über den Kopf und versteckte ihn unter dem Bett. Dann lief er zu seinem Schreibtisch und schaltete die Lampe aus. Dabei stieß er gegen den Schreibtischstuhl, der mit einem lauten Poltern umfiel.
Anton erstarrte. In dem stillen Haus war das fast wie eine Explosion gewesen ...
Während er zum Bett zurücktappte, hörte er die aufgeschreckte Stimme seiner Mutter: «Das war in Antons Zimmer!»
Und schon klopfte es an der Zimmertür.
«Anton?», fragte sie.
Er gab keine Antwort.
Jetzt rüttelte sie an der verschlossenen Tür. «Anton, mach auf! Wir wissen, dass du wach bist.»
«Was ist denn ...?», fragte er so verschlafen, wie es ihm nur möglich war.
«Da war doch eben Lärm in deinem Zimmer!»
«Ach so ...» Anton gähnte einmal laut. «Ich bin aus dem Bett gepoltert.»
«Aus dem Bett gepoltert?», wiederholte sie.
«Ja, heute ist doch Polterabend – oder nicht?», erwiderte er.
«Spaßvogel!», zischte sie.
Anton hörte, wie sich ihre Schritte entfernten.
Er grinste zufrieden. Seine Mutter hatte mal wieder – ohne es zu ahnen – ins Schwarze getroffen: Er konnte wirklich

gute Späße machen, wenn er wollte – und fliegen konnte er auch!
Allerdings ... nach weiteren Späßen stand ihm nicht der Sinn, und für einen zweiten Ausflug war er viel zu müde. Er zog sich die Bettdecke bis zum Kinn, und dann schlief er.

Anton mit Pünktchen

Als Anton am Montagmorgen in den Badezimmerspiegel blickte, starrte ihm ein wenig anziehendes Gesicht entgegen: Unter den Augen lagen dunkle Ringe, und die Haut sah richtig gelb aus.
Nein, nicht nur gelb – ungläubig trat Anton noch näher an den Spiegel heran –, da waren so merkwürdige rote Flecken um den Mund herum, Dutzende roter Pünktchen, jedes nicht größer als ein Stecknadelkopf.
Konnten das Mückenstiche sein? Nein, dafür waren es zu viele, und sie lagen auch zu dicht beieinander. Ein Ausschlag!, dachte Anton. Er musste etwas gegessen haben, das schwer verdaulich war! Ole zum Beispiel bekam Ausschlag, wenn er Erdbeeren aß. Aber Anton hatte gestern gar keine Erdbeeren gegessen ...
Nervös biss er sich auf die Lippen. Ob die Flecken möglicherweise mit Anna zusammenhingen?
Sie waren sich am Samstagabend sehr nahe gekommen, auf dem Sims von Herrn Schwartenfegers Fenster – dort hatte Anna gesagt, mit Anton könne es ihr nie eng genug werden ...
Und später war Anna in seinem Zimmer gewesen und hatte ihm das neue rosa Kleid vorgeführt.

Aber Annas Haut war so bleich und so fleckenlos gewesen wie immer.
Plötzlich fiel ihm ein, dass Henning seit einer Woche in der Schule fehlte wegen … Windpocken!
Anton spürte, wie ihn ein eisiger Schreck durchfuhr.
Das wäre ja die reinste Katastrophe! Für heute Nachmittag hatte er sich vorgenommen, mit dem Fahrrad die Umgebung des Wasserturms abzufahren, bis er die Villa Reinblick gefunden hätte. Und er war sicher, dass er das große düstere Haus auf Anhieb wieder erkennen würde!
Wenn er nun aber Windpocken hätte, dann wäre sein ganzer schöner Plan für die Katz. Nein, das durfte unter keinen Umständen geschehen. Er *musste* heute Nachmittag dorthin fahren!
«Anton?», hörte er die Stimme seiner Mutter. Sie kam aus der Küche. «Wo bleibst du denn so lange?»
«Ich komm ja schon.»
Er drehte den Wasserhahn auf und hielt sein Gesicht unter den kalten Strahl. Anschließend bearbeitete er seine Mundpartie mit einem Frottierhandtuch. Ein Blick in den Spiegel überzeugte ihn davon, dass auf der krebsrot angelaufenen Haut die Pünktchen gar nicht mehr auffielen.
Trotzdem putzte er auch noch die Zähne und kämmte sorgfältig sein Haar, um einen möglichst guten Eindruck am Frühstückstisch zu machen.

Doch leider war alle Mühe vergebens: Kaum hatte Anton Platz genommen, da begann sein Vater zu lachen.
«Sag mal, Anton, hast du etwa meinen Rasierapparat ausprobiert?»
«Wie kommst du denn darauf?», wies Anton diese Unterstellung zurück. In gespieltem Gleichmut fuhr er fort, sein Brot zu streichen.
«Na, weil dein Kinn so rot ist!» Antons Vater lachte wieder.
«Das kommt vom kalten Wasser», erklärte Anton.
«Du wäschst dich mit *kaltem* Wasser?» Seine Mütter verzog spöttisch die Mundwinkel. «Das wäre ja ganz neu!»
«Tja –», meinte Anton. «Hab ich aus dem Fernsehen. Kaltes Wasser hält die Haut länger jung. Solltest du vielleicht auch mal versuchen.»
«Ach, wirklich?», sagte sie spitz. «Wissen die beim Fernsehen auch ein Mittel gegen Windpocken?»
Anton wurde blass. «Gegen Windpocken?»
Sie nickte. «Wenn mich nicht alles täuscht, sind diese roten Flecken an deinem Mund Windpocken.»
Beinahe wäre Anton das Honigbrot aus der Hand gefallen. «Woher sollte ich die denn haben?», tat er überrascht.
«Wahrscheinlich aus der Schule!» Sie stand auf. «Ich werde mal bei dir im Schulbüro anrufen. Vielleicht weiß man dort von weiteren Fällen.»
«Das brauchst du nicht», antwortete Anton hastig. «Ich ...» Er hustete verlegen. «Henning – der hat Windpocken.»
Sie setzte sich wieder. «Und warum hast du das nicht gleich gesagt?», fragte sie und sah Anton durchdringend an.
«Weil –» Er zögerte. Eine glaubwürdige Ausrede zu erfinden war in diesem Fall gar nicht so einfach.

«Vermutlich hat Anton etwas Wichtiges vor, das er auf keinen Fall versäumen möchte», bemerkte Antons Vater. «Eine Verabredung mit einem Mädchen vielleicht ...»
«Genau!», sagte Anton, dankbar für diesen Tipp.
Seine Mutter wirkte nicht überzeugt. «Anton – mit einem Mädchen?»
«Nein, mit einem Mädchen nicht. Aber es stimmt, dass ich jemanden treffen will: Jürgen.»
Das entsprach sogar der Wahrheit: Anton hatte vorgehabt, anschließend noch zu Herrn Schwartenfeger zu fahren und ihm von der Villa zu erzählen.
«Mit Jürgen?» Antons Mutter machte eine gereizte Kopfbewegung. «Schon wieder dieser rätselhafte Unbekannte!»
«Der rätselhafte Unbekannte?» Anton grinste in sich hinein.
«Und wegen dieses geheimnisvollen Jürgen wolltest du unbedingt zur Schule gehen – trotz der Windpocken?», forschte seine Mutter jetzt.
«Na ja –» Anton räusperte sich. «Könnte doch sein, dass es gar keine Windpocken sind. Und außerdem müssen wir noch für das Turnier üben!»
«Ein Turnier?», fragte sie argwöhnisch.
«Ja, in der Schule ist ein Tischtennis-Turnier, am nächsten Mittwoch.»
Antons Vater nickte anerkennend mit dem Kopf. «Unser Sohn wird langsam eine richtige Sportskanone!»
«Ich glaube nicht, dass *Anton* an diesem Turnier teilnehmen wird!», dämpfte Antons Mutter die Begeisterung des Vaters.
«Wieso nicht?», empörte sich Anton.
«Weil Windpocken sehr ansteckend sind», antwortete sie ruhig. «Soweit ich weiß, müssen Kinder mit Windpocken isoliert werden.»
«Isoliert?»

«Ja. Sie dürfen eine Woche lang nicht am Unterricht teilnehmen.»
«Was, eine ganze Woche?», schrie Anton auf.
«Möglicherweise auch noch länger», antwortete sie. «Aber jetzt werden wir als Allererstes Fieber messen.»
«Wir?» Trotz seines Zorns musste Anton grinsen. «Haben wir denn *drei* Fieberthermometer?»
Seine Mutter warf ihm einen kühlen Blick zu. «Geh jetzt in dein Zimmer, ich komme gleich nach – mit *dem* Fieberthermometer, das du ja zur Genüge kennst.»
«Und ob!», knurrte Anton.
Wenn er eins noch mehr hasste als Montage, dann war das: Fiebermessen. Aber er gehorchte und marschierte in sein Zimmer.
«Isoliert ...», sagte er wütend, als er wieder im Bett lag. Seine Mutter würde garantiert darauf bestehen, dass er in dieser Woche auch die Wohnung nicht verließ; schon wegen der Nachbarskinder. Allerdings – eine leise Hoffnung hatte er noch: dass es doch nur irgendein Ausschlag war!

Nach dem Fiebermessen erklärte Antons Mutter: «38,6° – das bedeutet, du hast Fieber!»
«Fieber?», murmelte Anton. «Dann ... dann sind es also wirklich Windpocken!»
«Ich bin keine Ärztin», antwortete sie. «Aber alles deutet darauf hin.»
«Hier steht etwas über das Fieber!», ließ sich da Antons Vater vernehmen.
Er hatte das dicke Gesundheitslexikon aus dem Bücherschrank mitgebracht, und jetzt begann er vorzulesen: «Gewöhnlich werden Windpocken von einer leichten Temperaturerhöhung bis 38° begleitet. In schweren Fällen kann das Fieber bis 39° oder 40° ansteigen.»
«In schweren Fällen?» Anton schluckte.
«Welche Komplikationen können nun bei Windpocken auftreten?», fuhr sein Vater fort. «Erstens: Die Bläschen können infiziert werden. Zweitens: In seltenen Fällen tritt eine Lungenentzündung auf. Drittens: Mitunter folgt den Windpocken auch eine –»
Doch bevor er weiter vorlesen konnte, unterbrach die Mutter ihn: «Du machst Anton ja ganz nervös mit diesen Schreckensvisionen!»
Und zu Anton gewandt, sagte sie: «Keine Sorge, Windpocken sind eine harmlose Kinderkrankheit.»
«Harmlos?», schimpfte Anton. «Dass ich eine Woche lang nicht rausgehen kann, dass ich umsonst für unser Tischtennis-Turnier geübt habe, findest du harmlos?»
Antons Mutter ließ sich nicht aus der Fassung bringen. «Ich werde jetzt Frau Dr. Dösig anrufen, und danach sehen wir weiter», erklärte sie.

Anton warf einen Blick auf seinen Fernseher, der nun schon seit einer Ewigkeit kaputt war.
«Weitersehen?», sagte er und lachte dann trocken. «Schön wär's!»
«Vati und ich sind froh, dass du nicht mehr ständig in die Röhre guckst», erwiderte seine Mutter.
«Froh?» Anton spürte, wie sich seine Augen mit Tränen füllten. «Aber ich guck doch ununterbrochen in die Röhre – bei dem Pech, das ich andauernd habe!»
«Deine Verabredung muss ja unglaublich wichtig sein», versuchte Antons Vater zu scherzen. «Also, ich tippe nach wie vor darauf, dass es ein Mädchen ist! Kein Jürgen, sondern eine Julia!»
Ohne ihn einer Antwort zu würdigen, zog Anton sich die Bettdecke über den Kopf.
«Gehen wir», hörte er seine Mutter sagen. «Anton braucht vor allem Ruhe.»
Die Tür klappte, und dann entfernten sich die Schritte seiner Eltern.
Ruhe?, dachte Anton und streckte den Kopf wieder unter der Decke hervor. Davon würde er in den nächsten Tagen wohl mehr als genug haben!

Angela Sommer-Bodenburg, Studium der Pädagogik, Soziologie und Psychologie, 12 Jahre Grundschullehrerin in Hamburg, lebt in Hidden Meadows, Kalifornien, USA, wo sie schreibt und malt.
Veröffentlichungen: «Der kleine Vampir», seit 1979; «Das Biest, das im Regen kam», 1981; «Wenn du dich gruseln willst», 1984; «Die Moorgeister», 1986; «Julia bei den Lebenslichtern», 1989; «Florians gesammelte Gruselgeschichten», 1990; «Schokolowski», seit 1991; «Hanna, Gottes kleinster Engel», 1995; «Das Haar der Berenice», 1997; «Der Fluch des Vampirs», 1998; außerdem mehrere Gedichtbände und Bilderbücher. Übersetzungen in 30 Sprachen.
Verfilmung: 13-teilige internationale TV-Serie «Der kleine Vampir», 1986/87; «Der kleine Vampir 2», 13-teilige WDR-Fernsehserie, 1992/93; Theaterstück «Der kleine Vampir»; «Der kleine Vampir. Das Musical», 250 Aufführungen seit April 1998. Internationaler Kinofilm «The Little Vampire», Premiere Herbst 2000.
Angela Sommer-Bodenburg hat ihre eigene Website:
http://www.AngelaSommer-Bodenburg.com

Amelie Glienke: Studium der Malerei und der freien Grafik bei Professor Georg Kiefer, Hochschule der Künste in Berlin; arbeitet als Grafikerin, Zeichnerin und (unter dem Namen HOGLI) als Karikaturistin in Berlin und hat zwei Kinder. Sie illustrierte u. a. die «Geschichten ab 3» von Hanne Schüler (Band 20149, 20267, 20330, 20397, 20478), «Hexen hexen» von Roald Dahl (Band 20587), «Der Sprachabschneider» von Hans Joachim Schädlich (Band 20685) und «Der Summstein» von Lydia Hauenschild (Band 20928).